SOUS LE CIEL ÉTOILÉ DE LA POÉSIE

60 poètes chinois et français

ÉDITION BILINGUE

Sous la direction de GAO Feng et ZHANG Ruling
Préface d'Amin MAALOUF
de l'Académie française

Gallimard

南京师范大学出版社

致法兰西学院

值此中法建交60周年

暨图卢兹诗歌学院创建700周年之际

翰林诗歌院

谨出版本诗集以资纪念

À l'Académie française

Publié par l'Académie de poésie Hanlin

à l'occasion

du 60e anniversaire des relations diplomatiques entre

la République française et la République populaire de Chine

et

du 7e centenaire des Jeux floraux de Toulouse

Remerciements

鸣谢

Comité éditorial

编辑委员会

SIMÉON Jean-Pierre 让 - 皮埃尔·西梅翁

GAO Feng 高峰

RONDEAU Daniel 丹尼尔·龙多

ZHAO Lihong 赵丽宏

VERMANDER Benoît 魏明德

HE Yanhong 何言宏

BELLASSEN Joël 白乐桑

ZHANG Ruling 张如凌

Autres soutiens et contributions

为诗集出版做出贡献的人员

LU Shaye 卢沙野, ambassadeur de Chine en France

LORTHOLARY Bertrand 白玉堂, ambassadeur de France en Chine

MOREL Pierre 毛磊

IDIER Nicolas 易杰

YAN Zhenquan 严振全

PILLEREL Nicolas 裴国良

LAPORTALIÈRE René de 勒内·拉波达里埃

BLEIN Jacques 白潇客

PAN Baiqi 潘百齐

CHEN Xin 陈昕

ZHANG Peng 张鹏

ZHANG Yunlan 张云兰

Préface

En proposant *Sous le ciel étoilé de la poésie*, cette anthologie bilingue de poètes français et chinois, notre lointaine parente, l'Académie de poésie Hanlin, une institution héritière de milliers d'années d'histoire et de culture, a pris une heureuse initiative et fait œuvre utile. Depuis plus de mille ans, à des milliers de kilomètres de distance des hommes et des femmes écrivent de la poésie dans des langues qui semblent aussi éloignées que la distance qui sépare leurs pays. Pourtant, même si trop souvent, hélas, ces poètes se sont ignorés ou s'ignorent encore aujourd'hui, la poésie, ce travail sur les mots toujours recommencé, les rapproche, et qui voudra bien se pencher sur ces textes sera agréablement surpris par les échos qu'il percevra, non seulement entre des textes de même langue, comme entre *Lettre à la femme aimée au sujet de la mort*, de Jean-Pierre Siméon, et *Demain, dès l'aube*, de Victor Hugo, mais aussi entre les textes chinois et les textes français. Ainsi, *La brouette* d'Ai Qing pourrait facilement prendre place, à côté du *Cageot*, dans *Le parti pris des choses* de Francis Ponge. Si les mots se jouent de l'espace, ils se jouent aussi du temps ; c'est pourquoi les paysages de *Soir d'automne en montagne*, de Wang Wei, ou de *Printemps au sud du fleuve*, de Du Mu, ne sont pas sans rappeler ceux qui, un millénaire plus tard, inspirèrent *Le lac* à Lamartine. C'est pourquoi encore la mélancolie douce d'*Il pleure dans mon cœur* de Verlaine se lit aussi dans *Ruelle sous la pluie* de Dai Wangshu.

Pour circuler entre ces textes, pour entrer dans cette poésie chinoise, nous avons la chance, à l'Académie française, d'avoir depuis plus de vingt ans un merveilleux guide. Par ses travaux, mais aussi par ses nom et prénom, François Cheng est comme un pont jeté entre ces deux littératures, ces deux cultures. *François*, comme le prêcheur mendiant d'Assise, dont toute la poésie était action de grâce, et dans les pas duquel notre confrère et ami, qui a pris son nom, aime à cheminer. *François* encore, puisque, avant d'être prénom, ce mot était la forme ancienne de *français*. Et que dire de ce nom *Cheng*, qui résonne et assone avec *Tchen*, le premier mot et le nom du héros de *La condition humaine*, le roman de cet écrivain qui fut lui aussi, au siècle dernier, un autre extraordinaire passeur entre la Chine et la France ? Si j'évoque à plaisir ce grand livre de Malraux, c'est parce que ces soixante poèmes nous parlent eux aussi, parfois par des sentiers détournés, par des chemins obliques, de notre humaine condition. Mais je reviens à notre confrère : passeur, François Cheng l'est aussi, évidemment, par ses traductions de poètes chinois en français et de poètes français en chinois. Ce travail est indispensable pour que nous ayons tous ce plaisir de lire ce qui a été écrit dans une langue qui nous est inconnue, qui nous est étrangère. C'est pourquoi je suis ravi de pouvoir remercier ici celles et ceux qui nous ont donné la possibilité d'accéder à ces textes qui, sans elles et sans eux, nous seraient interdits. *Nous nous saluerions, / Mais personne / Ne comprendrait notre langage*, lit-on dans la traduction de Chantal Chen-Andro d'*Au chêne* de Shu Ting.

Grâce à vous, traductrices et traducteurs, nous comprenons des textes qui nous sont étrangers et nous pénétrons dans ce royaume inconnu où nous avons le ravissement, par-delà la rencontre de formes poétiques qui nous sont peu familières, de nous reconnaître et de trouver des repères dans un monde pourtant autre, dans la poésie d'une langue pourtant autre. Mais la poésie n'a-t-elle pas, par le pouvoir évocateur des mots, par sa musique singulière, le pouvoir de nous transporter, de nous enchanter ? Le poème chanté, le *canmen* des Latins, on le sait, se fait charme, *carmen*. La poésie est l'invitation au voyage de *Moesta et errabunda*. Qui lit les textes ici rassemblés sent que rien de ce qui est humain ne lui est étranger puisque, poème après poème, il retrouve ses frères humains d'ici et d'ailleurs, qui disent, avec nos mots ou les leurs, qu'ils éprouvent les mêmes joies, les mêmes chagrins, les mêmes sentiments que nous.

Parcourir *Sous le ciel étoilé de la poésie* est une source d'émerveillement ; c'est aussi une forme de mise en appétit, car cette anthologie fait naître en ceux qui l'ont lue la volonté de poursuivre l'aventure et de chercher à découvrir de nouveaux poèmes et de nouveaux poètes de l'une et l'autre langue. Cette faim de poésie est la preuve du succès de cette généreuse entreprise. Que tous ceux qui y ont œuvré en soient une fois encore remerciés et qu'ils soient assurés de notre profonde gratitude.

Amin Maalouf Secrétaire perpétuel de l'Académie française

Avant-propos

La poésie est à travers les différentes langues du monde une langue universelle où depuis toujours les hommes interrogent leur destin et le mystère commun de la vie. Cette langue universelle est la preuve du lien fondamental et irréductible entre tous les humains à travers le temps et au-delà des frontières. Dans toutes les civilisations, la poésie transmet dans un langage vivant et concis la richesse émotionnelle et le souffle spirituel de l'auteur. Elle capte les vibrations de l'âme et permet d'exprimer ses pensées profondes et ses sentiments passionnés, de prendre position sur les évolutions du monde et d'affirmer ses idéaux. Elle procure aux lecteurs et auditeurs de riches plaisirs spirituels, sensoriels et artistiques.

La France et la Chine sont deux grands pays à la longue tradition poétique pouvant s'enorgueillir d'avoir vu naître les plus grands poètes et chefs-d'œuvre de la poésie, trésors à jamais inscrits dans la mémoire du monde.

En Chine, la poésie est un art majeur depuis l'Antiquité, pratiqué sans discontinuité jusqu'à nos jours par les *junzi*, « hommes de bien », lettrés ou fonctionnaires d'État dont la sélection par concours comportait une épreuve de poésie. Très codifiée, la poésie chante la gloire et le chagrin des champs de bataille, la souffrance de l'exil, les amours heureuses et les peines de cœur. Elle peut être porteuse de messages philosophiques ou politiques. Chantée ou scandée, elle touche toutes les couches de la population. La poésie *shi* de la dynastie Tang et la poésie chantée *ci* de la dynastie Song, sommets de la littérature classique chinoise, sont l'œuvre d'innombrables grands poètes, tels Wang Wei, Li Bai, Du Fu, Su Shi et Li Qingzhao. Leurs poèmes, à la prosodie très élaborée, mêlent harmonieusement nature et sentiments, le paysage et les éléments naturels servant de miroir aux émotions que le poète exprime avec pudeur.

La poésie est également l'une des formes d'art dominantes de la culture française. Depuis les troubadours qui chantaient l'amour et la nature, la poésie française a traversé chaque période artistique marquante, Renaissance, classicisme, romantisme, symbolisme, en innovant dans les formes poétiques, à l'image des grands poètes classiques français, Pierre de Ronsard, Jean de La Fontaine, Victor Hugo et Charles Baudelaire. D'abord lyrique et simplement rimée, classique ensuite et très codifiée, puis sensible, musicale et audacieuse dans l'usage des mots et des images, la poésie française présente une grande variété de thèmes et a traditionnellement privilégié la versification. Plus récemment, en brisant les contraintes de la rime et du rythme et en explorant dans le domaine de la théorie de la poésie, les poètes français ont ouvert une nouvelle voie de modernité à la création poétique.

La Chine et la France sont deux grandes civilisations qui, bien qu'éloignées de milliers de kilomètres, partagent la même humanité et les mêmes aspirations. Riches d'une longue histoire d'échanges commerciaux et culturels, grâce notamment au commerce de la soie, du thé, de la porcelaine, de l'horlogerie, les deux pays se sont peu à peu découverts et ont pu apprécier leurs civilisations respectives. Excellent vecteur pour cultiver l'âme et rechercher noblement la vérité, la bonté et la beauté, la poésie a construit des passerelles entre les peuples chinois et français, favorisant le partage des idées, la mise en résonance émotionnelle et les interactions artistiques.

Depuis les premières traductions, les vers des poètes classiques chinois, comme Li Bai et Du Fu, ont suscité curiosité et admiration chez les poètes français, tout en conservant une part de rêve et de mystère. Plusieurs auteurs français ont été profondément influencés par la culture chinoise. *Connaissance de l'Est*, recueil de poésie en prose du diplomate français Paul Claudel, longtemps en poste en Chine, est une vaste plongée admirative dans les traditions et coutumes de la Chine. Archéologue, Victor Segalen a inspecté les ruines antiques de l'Empire du Milieu et écrit le célèbre traité *La grande statuaire chinoise*, et ses œuvres poétiques lui ont valu le titre de « poète chinois de France ». De nombreux poètes chinois, émigrés en France, se sont consacrés à la traduction d'œuvres littéraires et à l'introduction réciproque des auteurs chinois et français. François Cheng, « passeur infatigable entre la Chine et l'Occident », en est le plus célèbre exemple vivant.

Depuis le XXe siècle, la France, source importante d'innovation et de remise en cause audacieuse des canons de la littérature classique, a influencé les écrivains du monde entier. Nombre de ses auteurs et mouvements littéraires ont eu un impact profond sur l'évolution de la littérature chinoise moderne et contemporaine, dont les pionniers, tels Li Jinfa et Dai Wangshu, ont étudié en France dans leur jeunesse et ont été profondément influencés par Baudelaire et Verlaine, jouant un rôle essentiel dans l'essor de la « poésie brumeuse ». Aujourd'hui, les échanges fructueux entre les cercles de poésie contemporaine chinois et français ne cessent de s'amplifier.

Pour cet ouvrage publié à l'occasion du 60e anniversaire de l'établissement des relations diplomatiques entre la Chine et la France, l'Académie de poésie Hanlin a sélectionné 60 poètes, français et chinois, classiques, modernes et contemporains.

À la lumière d'une poésie aussi cristalline que le jade, nous espérons contribuer à l'avenir radieux de la coopération culturelle entre la France et la Chine. Respirons le parfum des fleurs qui parsèment notre chemin, et marchons ensemble *Sous le ciel étoilé de la poésie*.

GAO Feng Doyen chinois de l'Académie de poésie Hanlin
ZHANG Ruling Doyenne française de l'Académie de poésie Hanlin

Poésie française

目录

Poésie française classique

法国古典诗歌

Poésie française moderne et contemporaine

法国
现当代
诗歌

Poésie française classique

法国古典诗歌

Peinture de CHU Teh-Chun 朱德群画作

Pierre de Ronsard

Né en 1524 près de Vendôme et mort en 1585 à Tours, Pierre de Ronsard est un des poètes français les plus importants du XVIe siècle.

Né dans une famille aristocratique, il séjourne dans de nombreux pays. Plus tard, devenu sourd à la suite d'une grave maladie, il décide d'écrire de la poésie.

« Prince des poètes et poète des princes », Pierre de Ronsard est un poète lyrique, figure majeure de la littérature poétique de la Renaissance. Il est l'auteur d'une œuvre vaste qui s'est portée aussi bien sur la poésie engagée et officielle dans le contexte des guerres de Religion, avec *Les hymnes* et les *Discours* (1555-1562), que sur l'épopée, avec *La franciade* (1572), ou la poésie lyrique, avec le recueil *Les odes* (1550-1552) et la série de recueils des *Amours*.

Imitant les auteurs antiques, Ronsard emploie d'abord les formes de l'ode et de l'hymne, considérées comme des formes majeures, mais il utilisera de plus en plus le sonnet, transplanté en France par Clément Marot en 1536, en employant le décasyllabe ainsi que le mètre moderne de l'alexandrin. Il est lauréat du prix de l'Académie des Jeux floraux de Toulouse.

Pierre de Ronsard fait partie du groupe de poètes de la Pléiade, avec notamment Joachim Du Bellay, Jean-Antoine de Baïf, Étienne Jodelle, Rémy Belleau et Pontus de Tyard. À travers leurs œuvres littéraires et leurs textes théoriques, leur ambition était de renouveler et perfectionner la langue française tout en participant à son émancipation du latin. Le but politique, dans le contexte de la Renaissance, était de contribuer à l'unification de la France par le biais de la langue française.

皮埃尔·德·龙沙 1524 年出生于旺多姆，1585 年于图尔逝世，是十六世纪最重要的法国诗人之一。

他出生于贵族家庭，曾旅居许多国家。因重病导致失聪后，他决定写诗。

皮埃尔·德·龙沙是一位抒情诗人，被誉为“诗人中的王子和王子中的诗人”。他是文艺复兴时期的重要诗人，创作了大量宗教战争背景下的政治诗和官方诗歌，其中包括《颂歌》和《时艰录》(1555—1562)，史诗《法兰西亚德》(1572)，抒情诗集《颂歌集》（1550—1552）和《爱》系列诗集。

龙沙初期模仿古代作家，颂歌被认为是其最初主要的诗歌形式。但之后他越来越多地使用由克莱芒·马罗于 1536 年引入法国的十四行诗，使用十音节诗体以及亚历山大的“现代”格律诗体。他曾夺得图卢兹诗歌学院（Académie des Jeux floraux）诗赛的桂冠。

皮埃尔·德·龙沙是七星诗社的成员，七星诗社其他诗人包括约阿希姆·杜·贝莱、让-安托万·德·巴伊夫、艾蒂安·乔德尔、雷米·贝洛和蓬图斯·德·泰亚等。他们旨在通过文学作品和理论著作来更新和完善法语，将法语从拉丁语中解放出来。他们在文艺复兴时期的政治目标是通过法语促进法国的统一。

Quand vous serez bien vieille

(Sonnets pour Hélène)

Quand vous serez bien vieille, au soir, à la chandelle,
Assise auprès du feu, dévidant et filant,
Direz, chantant mes vers, en vous émerveillant :
« Ronsard me célébrait du temps que j'étais belle. »

Lors, vous n'aurez servante, oyant telle nouvelle,
Déjà sous le labeur à demi sommeillant,
Qui au bruit de mon nom ne s'aille réveillant,
Bénissant votre nom de louange immortelle.

Je serai sous la terre, et fantôme sans os
Par les ombres myrteux je prendrai mon repos ;
Vous serez au foyer une vieille accroupie,

Regrettant mon amour et votre fier dédain,
Vivez, si m'en croyez, n'attendez à demain :
Cueillez dès aujourd'hui les roses de la vie.

当你老了　致埃莲的十四行诗

树才　译

当你老了，就着夜里的烛光，
坐在炉火旁，边摇纱，边纺织，
吟唱着我的诗句，你会惊叹：
“龙沙当年赞美过我的美貌。”

那时你的女仆不会有兴趣听，
一天的劳作已让她昏昏欲睡，
听到龙沙的名字也不会睁眼，
哪怕赞美你的诗句将千古流传。

我躺在土里，成了无形幽灵，
在香桃木的庇荫下，我已安眠；
而你是蜷缩在家里的一位老妇，

为你的骄傲，为错过了我的爱
而遗憾。活着吧，别等到明天：
就在今天采摘那生命的玫瑰。

Louise Labé

Née vers 1524 et morte en 1566 à Parcieux-en-Dombes, Louise Labé est une poétesse française de la Renaissance.

Elle naît à Lyon, centre culturel de la France à l'époque. Malgré une œuvre relativement mince en volume (662 vers), elle est l'une des principales figures de l'école de Lyon, tenant salon en recevant chez elle des lettrés, et une représentante féminine exceptionnelle des humanistes de la Renaissance.

Son œuvre se compose de *Débat de Folie et d'Amour*, en cinq dialogues en prose, de trois élégies et vingt-quatre sonnets en décasyllabes, portant sur l'amour éprouvé par les femmes et les tourments qu'il peut entraîner. Ses écrits font partie du canon littéraire depuis leur redécouverte au XIXe siècle.

Elle est lauréate du prix de l'Académie des Jeux floraux de Toulouse.

路易丝·拉贝 约1524年前后出生，1566年于帕尔西厄栋布地区逝世，是文艺复兴时期的法国女诗人。

路易丝·拉贝出生于当时法国的文化中心里昂。尽管仅有少量作品（662行诗句）存世，但她是里昂学派的主要代表人物之一，常在家中举办沙龙、招待学者，是文艺复兴时期人文主义者的杰出女性代表。

她的作品集由《疯神与爱神的辩论》在内的五篇散文、三首挽歌和二十四首十音节十四行诗组成，大多讲述女性所经历的爱情和它可能带来的折磨。她的作品自十九世纪被重新发现以来，一直被视为文学经典。

拉贝曾荣获图卢兹诗歌学院诗赛大奖。

Je vis, je meurs ; je me brûle et me noie

Je vis, je meurs ; je me brûle et me noie ;
J'ai chaud extrême en endurant froidure :
La vie m'est et trop molle et trop dure.
J'ai grands ennuis entremêlés de joie.

Tout à un coup je ris et je larmoie,
Et en plaisir maint grief tourment j'endure ;
Mon bien s'en va, et à jamais il dure :
Tout en un coup je sèche et je verdoie.

Ainsi Amour inconstamment me mène ;
Et, quand je pense avoir plus de douleur,
Sans y penser je me trouve hors de peine.

Puis, quand je crois ma joie être certaine,
Et être au haut de mon désiré heur,
Il me remet en mon premier malheur.

我生，我死；我自焚，我自溺

胡小跃　译

我生，我死；我自焚，我自溺。
炎热中我感到周身发冷：
生命对我过于温柔，过于残忍。
我烦恼透顶，却又满心欢喜。

我突然欢笑，突然痛哭，
巨大的痛苦我快乐地忍受；
我的财富远去了，它从不持久：
我一下子变得翠绿而干枯。

爱情就这样变幻无常；
当我以为还会有更多的不幸，
幸福却已悄悄来到身旁。

当我相信自己将开心欢畅，
渴望已久的时候即将来临，
我却又回到了最初的不幸。

François Maynard

Né à Toulouse en 1582 et mort à Aurillac en 1646, François Maynard est un poète français.

Sa carrière, d'abord provinciale en tant que président du tribunal local d'Aurillac, le mène à Paris où il devient conseiller d'État et se voit confier des missions diplomatiques.

En 1606, il rencontre le poète François de Malherbe, dont il devient l'élève, et conquiert vite une réputation que consacre sa participation aux *Délices de la poésie françoise* de 1615.

Il pratique tous les genres de poésie de son époque : sonnets, odes, stances, élégies, chansons, etc. Ses vers harmonieux ont une mélancolie rêveuse, allant parfois jusqu'à la tristesse (*À la belle vieille*, *En attendant la mort*). Il perfectionne la versification des stances. Poète sérieux et proche des jésuites, il écrit également des poèmes libertins, voire blasphématoires, ainsi que des chansons à boire. Il est lauréat du prix de l'Académie des Jeux floraux de Toulouse.

Il est élu membre de l'Académie française en 1634 et anobli en 1644. Après la mort de Richelieu, il se retire sur ses terres, où il aime recevoir les jeunes poètes tel Jean de La Fontaine. En 1646, conscient de la valeur de son œuvre et peut-être mû par un pressentiment, il fait publier un volume de ses poésies. Il meurt alors, le 28 décembre 1646.

弗朗索瓦·梅纳尔 1582 年出生于图卢兹，1646 年卒于欧里亚克，法国诗人。

梅纳尔的职业生涯首先是担任欧里亚克地方法院的院长，随后他前往巴黎，成为国务委员并受命执行外交任务。

1606 年，梅纳尔结识并拜诗人弗朗索瓦·德·马莱伯为师，后来他因诗歌被选入 1615 年的《法语诗歌韵味》而声名鹊起。

梅纳尔在作品中尝试了当时所有的体裁：十四行诗、颂歌、诗节、挽歌、歌曲等。其和谐的诗句有一种梦幻般的忧郁，有时甚至悲伤至极（如《老美人》《等待死亡》）。梅纳尔完善了自己制定的诗节规则。作为亲近耶稣会的严肃诗人，他也写过一些放荡的，甚至亵渎神明的饮酒歌。梅纳尔曾获得图卢兹诗歌学院诗赛的大奖。

梅纳尔于 1634 年当选为法兰西学院院士，并于 1644 年受封爵士头衔。他在黎塞留主教去世后归隐田园，喜欢接待让·德·拉封丹等年轻诗人的拜访。1646 年，意识到自己作品的价值，也或许是受到预感的触动，梅纳尔出版了一本诗集。随后他于 1646 年 12 月 28 日去世。

Mon âme, il faut partir…

Mon âme, il faut partir. Ma vigueur est passée,
Mon dernier jour est dessus l'horizon.
Tu crains ta liberté. Quoi ? n'es-tu pas lassée
D'avoir souffert soixante ans de prison ?

Tes désordres sont grands, tes vertus sont petites ;
Parmi tes maux on trouve peu de bien.
Mais si le bon Jésus te donne ses mérites,
Espère tout et n'appréhende rien.

Mon âme, repens-toi d'avoir aimé le monde,
Et de mes yeux fais la source d'une onde
Qui touche de pitié le Monarque des rois.

Que tu serais courageuse et ravie,
Si j'avais soupiré durant toute ma vie
Dans le désert sous l'ombre de la Croix !

我的灵魂，该离开了……

树才　译

我的灵魂，该离开了。盛年已逝，
我最后的日子在地平线之上。
你害怕你的自由。什么？你还没
受够这六十年牢狱生活之苦？

你的混乱是大的，德性是小的；
你的缺陷众多，但是乏善可陈。
假如好心的耶稣把功绩都归于你，
对一切抱有希望，什么也不担扰。

我的灵魂，为爱过这世界而内疚，
把我的眼睛做成海水的源泉吧，
它会带着怜悯触摸君王们的宫殿。

但愿你是勇敢的、心醉神迷的，
如果说我终其一生都在叹息
在荒漠里在十字架的阴影之下！

Jean de La Fontaine

Né en 1621 à Château-Thierry et mort en 1695 à Paris, Jean de La Fontaine est un homme de lettres du Grand Siècle et l'un des principaux représentants du classicisme français.

Il reste à l'écart de la cour royale, mais fréquente les salons parisiens, notamment celui de Mme de La Sablière. Malgré des oppositions, il est élu membre de l'Académie française en 1684. Dans la fameuse querelle des anciens et des modernes, il se range avec ses collègues Racine et Boileau dans le parti des anciens.

C'est en s'inspirant des fabulistes de l'Antiquité gréco-latine et en particulier d'Ésope qu'il écrit les *Fables* qui font sa renommée dès les années 1660. Le brillant maniement des vers et la visée morale des textes, beaucoup plus complexes qu'il n'y paraît à la première lecture, ont déterminé le succès de cette œuvre à part, et les *Fables* de La Fontaine sont toujours considérées comme l'un des chefs-d'œuvre de la littérature française. Le fabuliste éclipse le conteur, mettant ainsi dans l'ombre les contes licencieux publiés entre 1665 et 1674.

Outre ses *Fables* et ses contes libertins, on lui doit divers poèmes, pièces de théâtre et livrets d'opéra qui confirment son ambition de moraliste.

让·德·拉封丹 1621年出生于巴黎，1695年亦于该城逝世。他是“伟大世纪”的一位文学家，也是法国古典主义的主要代表人物之一。

让·德·拉封丹为皇室所冷落，却是巴黎沙龙的常客，特别是做客萨布利埃夫人的沙龙。尽管遭到反对，他还是于1684年当选为法兰西学院院士。在著名的“古今之争”论战中，他与同事拉辛和布瓦洛站在拥护古典主义的一边。

受希腊-拉丁古代寓言，特别是伊索寓言的启发，1660年代他出版了《拉封丹寓言》，一举成名。愈读愈显精深的出色诗句处理和文章所涵盖的道德追求，决定了这部独特作品的成功，《拉封丹寓言》一直被认为是法国文学的杰作之一。虽然寓言的光芒胜过了他的故事诗，但在这部1665年至1674年间出版的荒诞故事中，隐藏着他对道德崩坏的担忧。

除了《拉封丹寓言》和关于浪荡子的故事之外，他所创作的许多诗歌、戏剧和歌剧剧本都证明了其作为道德家的抱负。

Le Chêne et le Roseau

Le Chêne un jour dit au Roseau :
« Vous avez bien sujet d'accuser la Nature :
Un roitelet pour vous est un pesant fardeau.
Le moindre vent qui d'aventure
Fait rider la face de l'eau
Vous oblige à baisser la tête :
Cependant que mon front, au Caucase pareil,
Non content d'arrêter les rayons du soleil,
Brave l'effort de la tempête.
Tout vous est aquilon, tout me semble zéphir.
Encor si vous naissiez à l'abri du feuillage
Dont je couvre le voisinage,
Vous n'auriez pas tant à souffrir :
Je vous défendrais de l'orage ;
Mais vous naissez le plus souvent
Sur les humides bords des royaumes du vent.
La Nature envers vous me semble bien injuste.
– Votre compassion, lui répondit l'arbuste,
Part d'un bon naturel ; mais quittez ce souci.

橡树和芦苇

树才　译

　　橡树有一天跟芦苇说：
“你真应该控诉大自然：
一只戴胜鸟就对你沉得要命。
　　只能把水的脸吹出皱纹的
　　一阵微风，就能让你低下头：
而我呢，我的额头像高加索山峰，
不仅能抵挡太阳的光线，
　　还能顶住暴风雨的冲击。
对你一切都是风暴，对我却是和风。
如果你生在我的叶簇下就好了，
　　我就是庇护你的邻居，
　　你就不会受这么多苦：
　　我可以为你抵挡风雨。
　　可是你总是诞生在
风王国的湿地边缘。
我觉得大自然对你太不公平。”
　　——芦苇回答说：“你的同情
当然是出于好心，但你过虑了。

Les vents me sont moins qu'à vous redoutables.
Je plie, et ne romps pas. Vous avez jusqu'ici
Contre leurs coups épouvantables
Résisté sans courber le dos ;
Mais attendons la fin. » Comme il disait ces mots,
Du bout de l'horizon accourt avec furie
Le plus terrible des enfants
Que le Nord eût portés jusque-là dans ses flancs.
L'Arbre tient bon ; le Roseau plie.
Le vent redouble ses efforts,
Et fait si bien qu'il déracine
Celui de qui la tête au ciel était voisine,
Et dont les pieds touchaient à l'empire des morts.

那些风对我并没有对你更可怕。
我会俯身，不会折断，而你
只会抵抗狂风的猛烈冲击，
不会把腰弯曲；
我们就等结果吧。”话音刚落，
地平线那边就扑过来
最调皮的风小孩，
以前他一直养在北方家里。
橡树挺立；芦苇弯腰。
风使出加倍的蛮力，
结果把那棵以天为邻
昂首挺立的橡树连根拔起，
根茎的脚踏上了黄泉之路。

Voltaire

Né en 1694 à Paris et mort en 1778 dans la même ville, Voltaire est un écrivain, dramaturge, poète, philosophe et encyclopédiste français.

Figure majeure de la philosophie des Lumières, il jouit de son vivant d'une célébrité internationale. Il marque son époque par sa production littéraire et ses engagements politiques. Il dénonce dans son *Dictionnaire philosophique* le fanatisme religieux de toutes les époques. Il est partisan d'une monarchie modérée et libérale, éclairée par les philosophes.

Son importante production théâtrale (plus de cinquante pièces, principalement des tragédies), ses poèmes épiques comme *La Henriade*, ses œuvres historiques et surtout ses pamphlets font de lui l'un des écrivains français les plus connus au XVIIIe siècle. Son œuvre comprend aussi des contes, notamment *Candide ou L'optimisme*, et des poèmes. Il a également adapté l'opéra chinois de la dynastie Yuan *L'orphelin de Zhao* dans la pièce *L'orphelin de Chine*.

Titulaire d'une charge officielle d'historiographe du roi, il publie *Le siècle de Louis XIV* et l'*Essai sur les mœurs et l'esprit des nations*, considérés comme les premiers essais historiques modernes. Sa « philosophie de l'histoire » fait de lui le précurseur du déterminisme historique du XIXe siècle et de l'histoire culturelle au XXe siècle.

Voltaire fréquente les grands de ce monde et les monarques. Il est aussi victime en France des interventions des autorités politiques, ce qui le conduit à être emprisonné à la Bastille et le pousse un moment à l'exil en Angleterre, puis l'amène à s'installer à Ferney, à côté de Genève.

Il est nommé maître ès jeux de l'Académie des Jeux floraux de Toulouse, et élu membre de l'Académie française en 1746.

伏尔泰 1694年出生于巴黎，1778年亦于该城逝世。法国作家、剧作家、诗人、哲学家和百科全书作家。

作为启蒙运动的代表人物，伏尔泰生前蜚声国际，以文学作品和政治参与留下了自己的时代印记。在《哲学辞典》中，他谴责各个时代的宗教狂热，受哲人们的启发，他主张温和自由的君主制。

他创作的重要戏剧作品（有五十多部，主要是悲剧）、《亨利亚特》等史诗、历史著作，特别是他的政论小册子，使他成为十八世纪最著名的法国作家之一。其著作还包括《老实人》和诸多诗集。他还曾将中国元杂剧《赵氏孤儿》改编成剧本《中国孤儿》。

在担任国王的史官时，伏尔泰出版了《路易十四时代》和《风俗论》等著作，它们被认为是最早的现代历史论文。他的“历史哲学”使他成为十九世纪历史决定论和二十世纪文化史的先驱。

伏尔泰与当时的一些开明君主交往颇深，但也曾被关进巴士底狱，后被迫前往英国，最终在日内瓦附近的费尼定居。

伏尔泰是图卢兹诗歌学院的院士。1746年，他当选为法兰西学院院士。

À Madame Du Châtelet

Si vous voulez que j'aime encore,
Rendez-moi l'âge des amours ;
Au crépuscule de mes jours
Rejoignez, s'il se peut, l'aurore.

Des beaux lieux où le dieu du vin
Avec l'Amour tient son empire,
Le Temps, qui me prend par la main,
M'avertit que je me retire.

De son inflexible rigueur
Tirons au moins quelque avantage,
Qui n'a pas l'esprit de son âge,
De son âge a tout le malheur.

致夏特莱夫人

树才　译

如果您希望我还能爱，
请还给我爱的年龄；
在我人生的黄昏，假如
可能，请重返黎明。

在美丽的乐园，酒神
与爱情一起建立王国，
时间，抓住我的手，
提醒我：就此隐退。

从它不可改变的严肃
愿我们至少能够获益，
谁对年龄缺乏领悟，
谁就会遭遇不幸。

Laissons à la belle jeunesse
Ses folâtres emportements.
Nous ne vivons que deux moments :
Qu'il en soit un pour la sagesse.

Quoi ! pour toujours vous me fuyez,
Tendresse, illusion, folie,
Dons du ciel, qui me consoliez
Des amertumes de la vie !

On meurt deux fois, je le vois bien ;
Cessez d'aimer et d'être aimable,
C'est une mort insupportable ;
Cesser de vivre, ce n'est rien.

让我们把淘气的激动
留给美妙的青春。
我们只活在两种状态：
但愿有一种是智慧。

什么！ 您要永远避开我，
温柔，幻想，疯狂，
上天的恩惠，给我
苦涩的人生带来慰藉。

人要死两回，我很清楚：
不再爱，也不再可爱，
这是一种无法忍受的死；
不再活，这倒没关系。

Ainsi je déplorais la perte
Des erreurs de mes premiers ans ;
Et mon âme, aux désirs ouverte,
Regrettait ses égarements.

Du ciel alors daignant descendre,
L'Amitié vint à mon secours ;
Elle était peut-être aussi tendre,
Mais moins vive que les Amours.

Touché de sa beauté nouvelle,
Et de sa lumière éclairé,
Je la suivis ; mais je pleurai
De ne pouvoir plus suivre qu'elle.

因此我为早年的过错
带来的损失感到遗憾；
我的灵魂，对欲望敞开，
又悔恨它失了分寸。

友爱从天而降，
正好赶来救我；
它也许是一样的温柔，
只是没有爱情更热烈。

这崭新的美感动我，
这明亮的光照耀我，
我追随它，但我也落泪，
因为我从此就只追随它。

François-René de Chateaubriand

Né en 1768 à Saint-Malo et mort en 1848 à Paris, François-René de Chateaubriand est un écrivain et homme politique français.

Il est issu de la noblesse bretonne. Les responsabilités politiques et diplomatiques qui jalonnent sa carrière au service de la royauté, ainsi que son goût pour le voyage, en Amérique puis dans le Bassin méditerranéen, structurent une vie marquée par l'exil et la nostalgie de la stabilité.

Ses premières publications majeures, l'*Essai sur les révolutions* et le *Génie du christianisme*, manifestent son engagement politique en faveur de l'Ancien Régime. Mais la question idéologique s'entremêle très rapidement avec la promotion d'une esthétique originale qui remporte un grand succès : la description de la nature et l'analyse des sentiments du « moi » qu'il met en œuvre dans les fictions *Atala* et *René*. Sa propension au mystère, à la grandeur mélancolique, sa tentative d'exprimer une souffrance indicible et sa soif d'exotisme lui ont valu d'être considéré a posteriori comme l'un des précurseurs du romantisme français.

Il est nommé maître ès jeux de l'Académie des Jeux floraux de Toulouse. Il est élu membre de l'Académie française en 1811 et devient ministre des Affaires étrangères à la Restauration.

Mais l'œuvre monumentale de Chateaubriand réside dans les *Mémoires d'outre-tombe* parus à titre posthume, récit autobiographique et témoignage historique où il relate d'abord sa jeunesse, puis dépeint le tableau historique des périodes mouvementées dont il a été le témoin de 1789 à 1841.

弗朗索瓦－勒内·德·夏多布里昂 1768 年出生于圣马洛，1848 年于巴黎去世。法国作家和政治家。

夏多布里昂出身布列塔尼贵族。他服务法国皇室，承担了许多政治和外交责任；法国大革命后，前往美洲和地中海地区旅行，流亡和对以往“稳定”的怀念构成了他的生活。

他早期的主要出版物《试论古今革命》和《基督教真谛》表明了他对旧制度的政治态度。但其意识形态问题很快就与一种原创美学交织在一起，并取得了巨大的成功，例如在小说《阿达拉》和《勒内》中对于自然的描述和对“我”个人情感的分析。夏多布里昂在创作中倾向于神秘、夸张和深沉的忧郁，试图表达难以言喻的痛苦和对异国情调的渴望，被认为是法国浪漫主义的先驱。

夏多布里昂是图卢兹诗歌学院院士。他于 1811 年当选法兰西学院院士，并在复辟期间担任外交部长。

夏多布里昂的不朽著作是在他逝世后出版的《墓畔回忆录》。在这部自传体杰作和历史见证中，他首先讲述了自己的青春时代，然后描绘了他目睹的 1789 年至 1841 年间动荡的历史图景。

Nuit de printemps

Le ciel est pur, la lune est sans nuage :
Déjà la nuit au calice des fleurs
Verse la perle et l'ambre de ses pleurs ;
Aucun zéphyr n'agite le feuillage.
Sous un berceau, tranquillement assis,
Où le lilas flotte et pend sur ma tête.
Je sens couler mes pensers rafraîchis
Dans les parfums que la nature apprête.
Des bois dont l'ombre, en ces prés blanchissants,
Avec lenteur se dessine et repose,
Deux rossignols, jaloux de leurs accents,
Vont tour à tour réveiller le printemps
Qui sommeillait sous ces touffes de rose.
Mélodieux, solitaire Ségrais,
Jusqu'à mon cœur vous portez votre paix !

春夜

张如凌　译

澄净的天空，清朗的月夜：
夜正在圣洁的花萼中
流泻着珍珠与琥珀般的泪；
没有一丝微风吹拂着树叶。
春藤下安静地闲坐，
丁香花飘拂在头顶。
在氤氲自然的芳香中，
我倍感思绪清新焕然。
树林的阴影，在白色的草地上，
渐渐地勾出后即开始歇留，
而两只夜莺，却竞献着歌喉，
喜悦中率先唤醒了
酣睡在玫瑰丛中的春天。
悠美寂寞的孤林啊，
你给我的心绪带来安宁！

Des prés aussi traversant le silence,
J’entends au loin, vers ce riant séjour,
La voix du chien qui gronde et veille autour
De l’humble toit qu’habite l’innocence.
Mais quoi ! déjà, belle nuit, je te perds !
Parmi les cieux à l’aurore entrouverts,
Phébé n’a plus que des clartés mourantes.
Et le zéphyr, en rasant le verger,
De l’orient, avec un bruit léger,
Se vient poser sur ces tiges tremblantes.

草地也穿越了寂静，
我听到朝着明媚永恒的远方，
犬吠声忠实地守护着
住在简朴屋檐下的挚纯者。
可是啊！ 我正失去你，美丽的夜色！
在晨曦微露的天边，
月亮残存着清晖的余烬。
而那微风，却掠过果园，
从东方缱绻着一点呢喃，
落在了轻轻颤抖的枝头。

Alphonse de Lamartine

Né en 1790 à Mâcon et mort en 1869 à Paris, Alphonse de Lamartine est un poète, romancier, dramaturge et homme politique français.

Il passe son enfance en Bourgogne. Il mène à Mâcon une vie de jeune homme oisif et séducteur. Il voyage en Italie et occupe une éphémère fonction militaire auprès de Louis XVIII. En octobre 1816, en cure à Aix-les-Bains, la rencontre avec Julie Charles marque un tournant décisif dans la vie du poète, mais leur histoire d'amour passionnée vire à la tragédie lorsque Julie, restée à Paris, meurt de la tuberculose en décembre 1817. Alphonse de Lamartine écrit alors les poèmes des *Méditations* dont le recueil est publié en 1820 et obtient un succès fulgurant. Il est élu membre de l'Académie française en 1829.

En 1830, il entre en politique en se ralliant à la monarchie de Juillet. Il effectue alors un voyage en Grèce et sur les lieux saints du christianisme, relaté dans *Voyage en Orient*. En 1833, Lamartine est élu député. Il joue un rôle important au moment de la révolution de 1848, proclamant la Deuxième République. Il se retire de la vie politique après sa défaite à l'élection présidentielle de 1848.

Son lyrisme associé à une expression harmonieuse fait la qualité de ses poèmes qui sont pleins de sensibilité et empreints des thèmes romantiques de la nature, de la mort et de l'amour (par exemple dans *Le lac*, *L'isolement*, *L'automne*). Grande figure du romantisme en France, il est admiré et salué par toute une génération (Victor Hugo, Sainte-Beuve...). La puissance de son génie poétique en fait l'un des plus grands poètes français du XIXe siècle.

阿尔封斯·德·拉马丁 1790 年出生于马贡，1869 年逝世于巴黎，法国诗人、小说家、剧作家、政治家。

拉马丁在勃艮第度过了童年，后在马贡过着闲散风流的青年生活。他曾去过意大利，在路易十八麾下担任了一段短暂的军事职务。1816 年 10 月在艾克斯莱班疗养时，与朱莉·查尔斯的相遇标志着这位诗人的人生转折点。但留在巴黎的朱莉于 1817 年 12 月死于肺结核，这使他们充满激情的爱情故事变成了悲剧。拉马丁随后创作了诗集《沉思集》，于 1820 年出版并取得了巨大成功。他于 1829 年当选为法兰西学院院士。

1830 年，他因加入七月王朝而步入政界。随后他访问了希腊和基督教圣地，这在《东方游记》中有所记载。1833 年他当选为议员。拉马丁在 1848 年建立法兰西第二共和国的革命中发挥了重要作用，但在同年总统竞选失败后退出了政坛。

抒情与和谐的表达相结合，造就了拉马丁诗歌的品质。他的许多诗都十分感性，充满了自然、死亡和爱情的浪漫主题（例如《湖》《孤独》《秋天》）。他是法国浪漫主义的伟人，受到同时代文人（如维克多·雨果、圣勃夫）的钦佩和赞扬。拉马丁的诗歌天赋使他成为 19 世纪最伟大的法国诗人之一。

Le lac

Ainsi, toujours poussés vers de nouveaux rivages,
Dans la nuit éternelle emportés sans retour,
Ne pourrons-nous jamais sur l'océan des âges
    Jeter l'ancre un seul jour ?

Ô lac ! l'année à peine a fini sa carrière,
Et près des flots chéris qu'elle devait revoir,
Regarde ! je viens seul m'asseoir sur cette pierre
    Où tu la vis s'asseoir !

Tu mugissais ainsi sous ces roches profondes,
Ainsi tu te brisais sur leurs flancs déchirés,
Ainsi le vent jetait l'écume de tes ondes
    Sur ses pieds adorés.

Un soir, t'en souvient-il ? nous voguions en silence ;
On n'entendait au loin, sur l'onde et sous les cieux,
Que le bruit des rameurs qui frappaient en cadence
    Tes flots harmonieux.

湖

张如凌　译

就这样被不断推向新岸，
在这永恒之夜一去不返，
难道我们永远都在岁月之海航行，
　　而不能有一日抛锚暂驻？

噢，湖啊！即将逝去一年之流转，
她本应与我相约在这碧波涟漪畔，
瞧！只我孤身一人独坐湖边石上，
　　却不见她的倩影！

你曾如此在这深岩下怒吼，
如此撞击着岸礁，
如此被风卷起波澜，
　　溅湿她娇柔的双脚。

记得吗？那日黄昏，我俩静静地泛舟；
水天相连的湖面悠长迷人，
桨声音韵轻扣，
　　微波和谐相应。

Tout à coup des accents inconnus à la terre
Du rivage charmé frappèrent les échos ;
Le flot fut attentif, et la voix qui m'est chère
    Laissa tomber ces mots :

« Ô temps ! suspends ton vol, et vous, heures propices !
    Suspendez votre cours :
Laissez-nous savourer les rapides délices
    Des plus beaux de nos jours !

« Assez de malheureux ici-bas vous implorent,
    Coulez, coulez pour eux ;
Prenez avec leurs jours les soins qui les dévorent,
    Oubliez les heureux.

« Mais je demande en vain quelques moments encore,
    Le temps m'échappe et fuit ;
Je dis à cette nuit : Sois plus lente ; et l'aurore
    Va dissiper la nuit.

忽然远处传来人间妙语，
回声惊碎湖岸沉寂；
水波凝神静听我爱恋的歌喉，
　　吐露出心灵真情：

“噢，时光啊，且暂飞翔！
　　你啊，良宵美景，且慢流逝！
请让我们细享瞬间妙境，
　　这人生最美之欢愉！

“世间诸多的不幸者向你哀求，
　　流淌吧，请为他们流淌；
流走漫漫岁月，带走无尽烦忧；
　　且暂忘却幸福的人们吧！

“我无数次徒劳地长叹：
　　时光已离我匆匆远去；
我对今夜呼唤：请你慢些走吧，
　　晨曦已在天际闪烁。

« Aimons donc, aimons donc ! de l'heure fugitive,
　　Hâtons-nous, jouissons !
L'homme n'a point de port, le temps n'a point de rive ;
　　Il coule, et nous passons ! »

Temps jaloux, se peut-il que ces moments d'ivresse,
Où l'amour à longs flots nous verse le bonheur,
S'envolent loin de nous de la même vitesse
　　Que les jours de malheur ?

Eh quoi ! n'en pourrons-nous fixer au moins la trace ?
Quoi ! passés pour jamais ! quoi ! tout entiers perdus !
Ce temps qui les donna, ce temps qui les efface,
　　Ne nous les rendra plus !

Éternité, néant, passé, sombres abîmes,
Que faites-vous des jours que vous engloutissez ?
Parlez : nous rendrez-vous ces extases sublimes
　　Que vous nous ravissez ?

“相爱吧，相爱吧！ 在转瞬即逝之刻，
　　让我们尽情享乐！
人生从无港湾，岁月永不靠岸；
　　它在不断流逝，而我们只是过客！”

光阴啊，莫非你嫉妒这心醉的时刻，
爱情的波涛带给我们这甜美的时光，
却以同样的速度离我们而去，
　　正如这痛苦来临一样？

怎么！ 逝去的往事不留半点痕迹？
怎么！ 过去的一切全都化成泡影？
时光给予我们的又要抹去，
　　快乐只是过眼云烟？

永恒，虚无，往昔，黑暗的深渊，
你们吞噬了多少日日夜夜？
请问：你们夺走了我们无尽的喜悦，
　　可曾想如数归还？

Ô lac ! rochers muets ! grottes ! forêt obscure !
Vous, que le temps épargne ou qu'il peut rajeunir,
Gardez de cette nuit, gardez, belle nature,
Au moins le souvenir !

Qu'il soit dans ton repos, qu'il soit dans tes orages,
Beau lac, et dans l'aspect de tes riants coteaux,
Et dans ces noirs sapins, et dans ces rocs sauvages
Qui pendent sur tes eaux.

Qu'il soit dans le zéphyr qui frémit et qui passe,
Dans les bruits de tes bords par tes bords répétés,
Dans l'astre au front d'argent qui blanchit ta surface
De ses molles clartés.

Que le vent qui gémit, le roseau qui soupire,
Que les parfums légers de ton air embaumé,
Que tout ce qu'on entend, l'on voit ou l'on respire,
Tout dise : Ils ont aimé !

噢，湖啊！ 沉默的岩石！ 山洞！ 幽暗的森林！
你们是时光的宠儿，青春总常驻，
请留住今宵良辰美景，
　　至少保存这一记忆吧！

无论风和日丽，无论暴风骤雨，
美丽的湖啊，在那微笑的山冈，
在浓绿的松树林丛，在荒野的岩石边，
　　回忆都无处不在！

愿湖面飘拂的习习微风，
愿岸边回荡的悠悠长音，
愿映照水面的银色明月，
　　铭记这温暖柔软的时刻！

愿晓风颤栗，芦苇叹息，
愿你芬芳的气息清新甜郁，
愿人们在此所见所闻所吮，
　　都说："他俩曾经相爱！"

Victor Hugo

Né en 1802 à Besançon et mort en 1885 à Paris, Victor Hugo est un poète, dramaturge, écrivain, romancier et dessinateur français.

Considéré comme l'un des plus importants écrivains de la langue française, il est aussi une personnalité politique et un intellectuel engagé. Il est élu membre de l'Académie française en 1841.

Dès l'âge de 16 ans, il compose des poèmes exceptionnels et reçoit plusieurs fois le prix de l'Académie des Jeux floraux de Toulouse, dont il devient maître ès jeux. À l'âge de 20 ans, il publie son premier recueil, les *Odes*, puis des recueils de poèmes lyriques, dont *Odes et ballades*, *Les feuilles d'automne* et *Les contemplations*. Victor Hugo est aussi un poète engagé, contre Napoléon III, dans *Les châtiments*, et un poète épique dans *La légende des siècles*.

Au théâtre, Victor Hugo s'impose comme chef de file du romantisme français, avec *Hernani*, *Lucrèce Borgia* et *Ruy Blas*. Comme romancier, il rencontre un grand succès populaire avec *Notre-Dame de Paris* et *Les misérables*. Son œuvre comprend aussi des écrits politiques, des récits de voyages, et près de quatre mille dessins.

Victor Hugo connaît une carrière politique longue et mouvementée : parlementaire sous la monarchie de Juillet, promoteur des idéaux de la révolution de 1848, député sous la Deuxième République, exilé pendant près de vingt ans à Jersey et Guernesey sous le Second Empire, et de nouveau député en 1870 sous la Troisième République. Attaché à la paix et à la liberté, sensible à la misère humaine, il soutient les avancées sociales et promeut l'idée d'une Europe unifiée. Il condamne l'implication de l'armée française dans le sac du palais d'Été dans sa fameuse *Lettre au capitaine Butler*.

维克多·雨果 1802 年出生于贝桑松，1885 年于巴黎逝世，法国诗人、剧作家、作家、小说家和画家。

维克多·雨果既是最重要的法语作家之一，也是一位政治家和坚定的知识分子。他于 1841 年当选为法兰西学院院士。

雨果在 16 岁时就已创作出杰出的诗歌。他多次夺得图卢兹诗歌学院诗赛大奖并获任学院的院士。他在 20 岁时出版了第一部作品《颂歌集》，之后又出版了多部抒情诗集，包括《颂歌与杂诗》《秋叶集》和《静观集》。维克多·雨果坚决反对拿破仑三世，曾出版《惩罚集》。他也是一位史诗诗人，著有《历代传奇》。

维克多·雨果以其剧作《欧那尼》《卢克雷齐娅·博吉亚》和《吕意·布拉斯》奠定了自己作为法国浪漫主义领袖的地位。作为一名小说家，他凭借《巴黎圣母院》和《悲惨世界》获得了巨大的成功。他的作品还包括政治著作、游记和近四千幅画作。

维克多·雨果有着漫长而风云变幻的政治生涯：他是七月王朝的议员；鼓吹 1848 年革命理想，在第二共和国时期担任议员。他曾在第二帝国时期被流放到泽西岛和根西岛近二十年。之后他于 1870 年再次担任第三共和国的议员。雨果热爱和平与自由，悲悯人类苦难，支持社会进步，拥护欧洲统一的理念。他在著名的《致巴特勒上尉的信》中谴责了法军参与劫掠圆明园的恶行。

Demain, dès l'aube

Demain, dès l'aube, à l'heure où blanchit la campagne,
Je partirai. Vois-tu, je sais que tu m'attends.
J'irai par la forêt, j'irai par la montagne.
Je ne puis demeurer loin de toi plus longtemps.

Je marcherai les yeux fixés sur mes pensées,
Sans rien voir au dehors, sans entendre aucun bruit,
Seul, inconnu, le dos courbé, les mains croisées,
Triste, et le jour pour moi sera comme la nuit.

Je ne regarderai ni l'or du soir qui tombe,
Ni les voiles au loin descendant vers Harfleur,
Et quand j'arriverai, je mettrai sur ta tombe
Un bouquet de houx vert et de bruyère en fleur.

明天，黎明

张如凌　译

明天，当黎明初照原野，
我即启程。我知道你在将我期盼。
穿过森林，越过山峦。
我不再与你长此天各一方。

我独自徘徊，思绪万千，
视而不见，听而不闻，
我躬背叉手，孤独茫然，
哀伤悲痛，昼夜欲绝。

我不再凝望西沉的金色余晖，
也不远眺阿弗乐的片片帆影，
当我来到你的墓前，我将为你献上
一束翠绿的冬青，一捧盛开的欧石楠。

Charles Baudelaire

Né en 1821 à Paris et mort dans la même ville en 1867, Charles Baudelaire est un poète français.

Tourné vers le classicisme, nourri de romantisme, à la croisée entre le Parnasse et le symbolisme, chantre de la « modernité », il occupe une place considérable parmi les poètes français pour un recueil, certes bref au regard de l'œuvre de son contemporain Victor Hugo, mais qu'il aura façonné sa vie durant : *Les fleurs du mal*.

Au cœur des débats sur la fonction de la littérature de son époque, Baudelaire détache la poésie de la morale, la proclame tout entière destinée au beau et non à la vérité. Comme le suggère le titre de son recueil, il a tenté de tisser des liens entre le mal et la beauté, le bonheur fugitif et l'idéal inaccessible (*À une passante*), la violence et la volupté (*Une martyre*), mais aussi entre le poète et son lecteur et même entre les artistes à travers les âges (*Les phares*). Outre des poèmes graves (*Semper eadem*) ou scandaleux (*Delphine et Hippolyte*), il exprime la mélancolie (*Mœsta et errabunda*), l'horreur (*Une charogne*) et l'envie d'ailleurs à travers l'exotisme (*L'invitation au voyage*).

夏尔·波德莱尔 1821 年出生于巴黎，1867 年在该城逝世，法国诗人。

在浪漫主义的滋养下，波德莱尔转向古典主义，处于帕尔纳斯派与象征主义的十字路口，是“现代性”的捍卫者，在法国诗人中占有相当高的地位。与同时代维克多· 雨果的作品相比，他的《恶之花》相对简短，但依然成就了他的一生。

在当时的法国，关于文学功能的讨论是争议的核心，波德莱尔主张将诗歌与道德分离，宣称诗歌完全是为了美而不是为了真理。正如他的诗集标题所暗示的，他试图在邪恶与美丽、转瞬即逝的幸福与遥不可及的理想（《致一位过路的女子》）、暴力与肉欲（《一个受难的女人》）之间建立联系，也在诗人与读者甚至与古往今来的艺术家之间建立联系（《灯塔》）。除了严肃的诗歌（《向来如此》）和饱受争议的诗歌（《德尔菲娜和伊波利特》）之外，他还表达忧郁（《忧伤与漂泊》）、恐怖（《腐尸》）和对远方的向往（《邀游》）。

Moesta et errabunda

Dis-moi, ton cœur parfois s’envole-t-il, Agathe,
Loin du noir océan de l’immonde cité,
Vers un autre océan où la splendeur éclate,
Bleu, clair, profond, ainsi que la virginité ?
Dis-moi, ton cœur parfois s’envole-t-il, Agathe ?

La mer, la vaste mer, console nos labeurs !
Quel démon a doté la mer, rauque chanteuse
Qu’accompagne l’immense orgue des vents grondeurs,
De cette fonction sublime de berceuse ?
La mer, la vaste mer, console nos labeurs !

Emporte-moi, wagon ! enlève-moi, frégate !
Loin ! loin ! ici la boue est faite de nos pleurs !
– Est-il vrai que parfois le triste cœur d’Agathe
Dise : Loin des remords, des crimes, des douleurs,
Emporte-moi, wagon, enlève-moi, frégate ?

忧伤与漂泊

钱春绮　译

请问，阿加特，你的心可有时高飞，
远离这污浊城市的黑暗的海洋，
飞往另一座充满壮丽的光辉、
碧蓝、明亮、深邃、处女似的海洋？
请问，阿加特，你的心可有时高飞？

大海，茫茫的大海，安慰我们的劳累！
由巨大的风琴、那哀怨的飓风
伴奏着，嗄声歌唱的大海，是什么魔鬼
赋予她催眠曲似的崇高的作用？
大海，茫茫的大海，安慰我们的劳累！

把我带走吧，马车！把我载去吧，快艇！
离开！离开！这儿的泥浆是我们的眼泪！
——难道这是真情？阿加特忧伤的心
常这样说："离开悔恨、痛苦和犯罪，
把我带走吧，马车！把我载去吧，快艇！"

Comme vous êtes loin, paradis parfumé,
Où sous un clair azur tout n'est qu'amour et joie,
Où tout ce que l'on aime est digne d'être aimé,
Où dans la volupté pure le cœur se noie !
Comme vous êtes loin, paradis parfumé !

Mais le vert paradis des amours enfantines,
Les courses, les chansons, les baisers, les bouquets,
Les violons vibrant derrière les collines,
Avec les brocs de vin, le soir, dans les bosquets,
– Mais le vert paradis des amours enfantines,

L'innocent paradis, plein de plaisirs furtifs,
Est-il déjà plus loin que l'Inde et que la Chine ?
Peut-on le rappeler avec des cris plaintifs,
Et l'animer encor d'une voix argentine,
L'innocent paradis plein de plaisirs furtifs ?

芬芳的乐园，你跟我们远远隔开，
在你那碧空之下，全是爱与欢乐，
人们喜爱的一切，全都值得喜爱，
那儿，人心都沉湎于纯洁的享乐！
芬芳的乐园，你跟我们远远隔开！

可是，充满童稚之爱的绿色乐园，
那些赛跑、唱歌、亲吻，那些花束，
在山后颤动的小提琴的丝弦，
在黄昏的树林中的葡萄酒壶，
——可是，充满童稚之爱的绿色乐园，

充满秘密欢乐的纯洁的乐园，
是否已远得超过印度和中国？
能否用哀叹的叫喊召它回还，
能否用银铃的声音唤它复活，
充满秘密欢乐的纯洁的乐园？

Jean-Baptiste Clément

Né en 1836 à Boulogne-sur-Seine (désormais Boulogne-Billancourt) et mort en 1903, Jean-Baptiste Clément est un chansonnier montmartrois, journaliste, syndicaliste et homme politique.

Il critique le Second Empire, ce qui lui vaut d'être persécuté, exilé à plusieurs reprises et condamné à la prison en 1870. Il est libéré, participe aux soulèvements en 1870 et 1871, et est élu membre de la Commune de Paris. Il s'exile en Angleterre après la chute de la Commune et est condamné à mort par contumace. Après l'amnistie de 1880, il rentre à Paris et adhère au Parti ouvrier socialiste révolutionnaire (POSR).

La plus grande partie de son répertoire est aujourd'hui oubliée, excepté quelques chansons et en particulier les très célèbres *Le temps des cerises* et *La Semaine sanglante*. Dans un registre différent, il rédigea une version parodique de la célèbre ronde enfantine *Dansons la capucine*.

让－巴蒂斯特·克莱芒 1836 年出生于塞纳河畔布洛涅，现称布洛涅-比扬古，卒于 1903 年，蒙马特作词人、记者、工会成员和政治家。

他因批评法兰西第二帝国而多次遭致被流放，并于 1870 年被判入狱。获释后，他参加了 1870 年和 1871 年的法国起义，并当选为法国巴黎公社成员。他在公社失败后流亡英国，并被缺席判处死刑。1880 年大赦后，他回到巴黎并加入社会革命工人党（POSR）。

克莱芒的大部分曲目现在都已遗失，仅有几首歌曲存世，特别是非常著名的《樱桃时节》和《流血周》。他用旧曲作词了著名的儿童舞曲《让我们跳金莲花舞吧》。

Le temps des cerises

Quand nous chanterons le temps des cerises,
Et gai rossignol et merle moqueur
        Seront tous en fête ;
Les belles auront la folie en tête
Et les amoureux du soleil au cœur…
Quand nous chanterons le temps des cerises,
Sifflera bien mieux le merle moqueur.

Mais il est bien court, le temps des cerises,
Où l'on s'en va deux cueillir en rêvant
        Des pendants d'oreilles !
Cerises d'amour, aux robes pareilles,
Tombant sous la feuille en gouttes de sang ! ...
Mais il est bien court le temps des cerises,
Pendants de corail qu'on cueille en rêvant !

樱桃时节

张如凌　译

当我们唱起那樱桃时节，
快乐的夜莺和俏皮的画眉
　　都将为之喜庆欢悦；
美丽的姑娘们心怀幻想
恋人内心充满阳光……
当我们唱起那樱桃时节，
画眉的嗓音格外美妙。

可是那樱桃时节太短暂，
我俩一起如痴如梦般采摘
　　似鲜艳耳坠的樱桃！
爱情的硕果嵌入连衣裙，
似鲜血般滴落叶间！……
可是那樱桃时节太短暂，
似梦幻中将珊瑚折摘！

Quand nous en serons au temps des cerises,
Si vous avez peur des chagrins d'amour,
    Évitez les belles.
Moi qui ne crains pas les peines cruelles,
Je ne vivrai pas sans souffrir un jour…
Quand nous en serons au temps des cerises,
Vous aurez aussi vos peines d'amour.

J'aimerai toujours le temps des cerises ;
C'est de ce temps-là que je garde au cœur
    Une plaie ouverte ;
Et dame Fortune, en m'étant offerte,
Ne pourra jamais fermer ma douleur…
J'aimerai toujours le temps des cerises
Et le souvenir que je garde au cœur.

当你进入那樱桃时节，
若你胆怯爱情带来伤痛，
　　就请回避花容月貌。
而我却不惧怕那残忍的煎熬，
每天我都在痛苦中苟安……
当你进入那樱桃时节，
你定会感受爱情的忧伤。

我将永远眷恋那樱桃时节；
唯有这消逝的年华我永存心间，
　　虽然我曾心碎欲裂；
纵使幸运女神对我青睐有加，
也无法抚平我的悲伤……
我永远眷恋那樱桃时节，
如此美好的记忆我一生感怀。

François Coppée

Né en 1842 à Paris et mort en 1908 dans la même ville, François Coppée est un poète, dramaturge et romancier français.

Né dans une famille pauvre, il perd son père à l'âge de 13 ans et il travaille pour subvenir aux besoins de la famille.

Ses premiers poèmes sont souvent publiés dans les journaux des parnassiens. Poète populaire et sentimental de Paris et ses faubourgs, dépeignant le monde des humbles dans des tableaux de rue intimistes, il est « l'écrivain des gens ordinaires ». Poète de la tristesse à la vue des oiseaux qui meurent en hiver (*La mort des oiseaux*), du souvenir d'une première rencontre amoureuse (*Septembre, au ciel léger*), de la nostalgie d'une autre existence (*Je suis un pâle enfant du vieux Paris*) ou de la beauté du crépuscule (*Le crépuscule est triste et doux*), il rencontre un grand succès populaire.

Il est nommé maître ès jeux de l'Académie des Jeux floraux de Toulouse. Il est élu membre de l'Académie française en 1884.

弗朗索瓦·科佩 1842 年出生于巴黎，1908 年于该城逝世，法国诗人、剧作家和小说家。

出身贫穷，十三岁时丧父，为了养家糊口而工作。

科佩早期的诗歌经常发表在帕尔纳斯派的报纸上。他是一位在巴黎及其郊区很受欢迎的感伤诗人，他用诗歌描绘街头贫民的生活画面，被誉为“平民作家”。诗人对冬天死去的鸟儿感到悲伤（《鸟儿之死》），对第一次浪漫邂逅的记忆（《九月，在轻盈的天空》），对另一种存在的怀念（《我是旧巴黎一个苍白的孩子》），以及对暮光之美的描绘（《悲伤而甜蜜的暮光》），使他获得了巨大的成功。

科佩是图卢兹诗歌学院的院士。他于 1884 年当选为法兰西学院院士。

La mort des oiseaux

Le soir, au coin du feu, j'ai pensé bien des fois
À la mort d'un oiseau, quelque part, dans les bois.
Pendant les tristes jours de l'hiver monotone,
Les pauvres nids déserts, les nids qu'on abandonne,
Se balancent au vent sur le ciel gris de fer.
Oh ! comme les oiseaux doivent mourir l'hiver !
Pourtant, lorsque viendra le temps des violettes,
Nous ne trouverons pas leurs délicats squelettes
Dans le gazon d'avril où nous irons courir.
Est-ce que les oiseaux se cachent pour mourir ?

鸟儿之死

树才 译

夜里，火塘边，我好多次想起
那只鸟儿的死，不远处，在树林里。
单调的冬天，那些忧伤的日子，
可怜的鸟巢孤零零的，被人们抛弃，
在铁灰色天空下的寒风中摇晃。
啊！这些鸟儿活不过这个冬天！
然而，在紫罗兰花开的季节，
在我们奔来跑去的四月的草地上
我们却找不见它们娇弱的骨架。
难道这些鸟儿是躲起来去死的？

Paul Verlaine

Né en 1844 à Metz et mort en 1896 à Paris, Paul Verlaine est un écrivain et poète français.

Il publie son premier recueil, *Poèmes saturniens*, à 22 ans. Marié et père d'un enfant, sa vie est bouleversée quand il rencontre Arthur Rimbaud en septembre 1871. Leur vie amoureuse tumultueuse et errante en Angleterre et en Belgique débouche sur la scène violente où, à Bruxelles, Verlaine, d'un coup de revolver, blesse au poignet celui qu'il appelle son « époux infernal ». Jugé et condamné, il passe deux années en prison, renouant avec le catholicisme de son enfance et écrivant des poèmes qui prendront place dans ses recueils suivants : *Sagesse*, *Jadis et naguère* et *Parallèlement*. Usé par l'alcool et la maladie, Verlaine meurt à 51 ans, d'une pneumonie aiguë.

Archétype du poète maudit, notion qu'il a lui-même forgée dans son essai de 1884, représentant majeur de la poésie symboliste, Verlaine est reconnu comme le « prince des poètes » et considéré comme un maître par la génération suivante. Influencé par Baudelaire, son style est fait de musicalité et de fluidité, joue avec les rythmes impairs, associe mélancolie et clairs-obscurs, dans un langage imagé et rempli de symboles. Cela révèle, au-delà de l'apparente simplicité formelle, une profonde sensibilité, en résonance avec l'inspiration de certains artistes contemporains, des peintres impressionnistes ou des compositeurs (tels Gabriel Fauré et Claude Debussy), qui mettront en musique plusieurs de ses poèmes.

保罗·魏尔伦 1844 年出生于梅斯，1896 年于巴黎去世，法国作家、诗人。

魏尔伦在 22 岁时出版了第一本诗集《感伤集》。1871 年遇见阿瑟·兰波时，已经成家为父的魏尔伦的生活发生了翻天覆地的变化。他俩在英国和比利时的爱情生活漂泊动荡。之后在布鲁塞尔，魏尔伦用左轮手枪射伤了兰波的手腕，称后者为“地狱般的伴侣”。为此他被判在监狱里度过了两年，其间皈依了童年时信奉的天主教，并写下了之后出版的诗篇：《智慧集》《今与昔》和《平行集》。由于酗酒和疾病，魏尔伦死于急性肺炎，享年 51 岁。

魏尔伦是象征主义诗歌的主要代表人物，“被诅咒的诗人”的原型（这个概念首创于他 1884 年的文章中），被后世视为大师，曾享有“诗人王子”的美称。受波德莱尔的影响，魏尔伦的风格充满音乐性和流动性，节奏奇特，结合忧郁和明暗，语言充满意象和符号。除了外在的简单形式，他的诗歌还显示了一种深刻的音乐性，与某些当代艺术家、印象派画家或作曲家（如加布里埃尔·福雷和克劳德·德彪西）的灵感产生共鸣，因此他的几部诗歌作品被改编为音乐作品。

Il pleure dans mon cœur

Il pleure dans mon cœur
Comme il pleut sur la ville,
Quelle est cette langueur
Qui pénètre mon cœur ?

Ô bruit doux de la pluie
Par terre et sur les toits !
Pour un cœur qui s’ennuie
Ô le chant de la pluie !

Il pleure sans raison
Dans ce cœur qui s’écœure.
Quoi ! nulle trahison ?
Ce deuil est sans raison.

C’est bien la pire peine
De ne savoir pourquoi,
Sans amour et sans haine,
Mon cœur a tant de peine !

泪流在我心里

梁宗岱　译

泪流在我心里，
雨在城上淅沥：
哪来的一阵凄楚
滴得我这般惨戚？

啊，温柔的雨声！
地上和屋顶应和。
对于苦闷的心
啊，雨底歌！

尽这样无端地流，
流得我心好酸！
怎么？全无止休？
这哀感也无端！

可有更大的苦痛
教人慰解无从？
既无爱又无憎，
我底心却这般疼。

Arthur Rimbaud

Né en 1854 à Charleville et mort en 1891 à Marseille, Arthur Rimbaud est un poète français.

Il écrit ses premiers poèmes à 15 ans. Après une brève phase d'initiation, par assimilation du style des grands poètes contemporains (Charles Baudelaire, Victor Hugo), développant déjà une franche originalité dans l'approche de thèmes classiques (*Le dormeur du val*), il cherche à dépasser ces influences en développant ses propres conceptions théoriques, appelant à décrire l'inconnu par-delà les perceptions humaines usuelles, quitte à y sacrifier sa propre intégrité mentale. Il innove radicalement en matière d'audace formelle, jusqu'à aborder le genre du poème en prose, alors à ses balbutiements.

Il entretient parallèlement une aventure amoureuse tumultueuse avec le poète Paul Verlaine, qui influence profondément son œuvre.

Vers l'âge de 20 ans, il renonce subitement à la littérature, n'ayant alors publié qu'un seul ouvrage et quelques poèmes épars dans des revues confidentielles. Il apprend plusieurs langues, puis, mû par ses idées anti-bourgeoises et libertaires, choisit une vie aventureuse, le menant jusqu'en Abyssinie, où il devient négociant, explorateur et trafiquant d'armes.

Ses poèmes *Le bateau ivre*, *Le dormeur du val* ou *Voyelles*, chefs-d'œuvre de la poésie symboliste, comptent parmi les plus célèbres de la poésie française. Il est à l'origine de la poésie surréaliste. La précocité de son génie, sa carrière littéraire fulgurante, sa vie brève et aventureuse contribuent à forger sa légende et faire de lui une des figures majeures de la littérature française et mondiale.

阿瑟·兰波 1854 年出生于沙勒维尔，1891 年于马赛去世，法国诗人。

兰波 15 岁时即开始写诗。经过短暂的启蒙阶段后，通过吸收当代伟大诗人（夏尔·波德莱尔、维克多·雨果）的风格，在触及经典主题时已经展示出直率的原创性（《幽谷睡者》）。他试图通过发展自己的理论概念来克服这些影响，呼吁描述超出人类通常认知的未知事物，即便这意味着牺牲自己的精神完整性。他大胆地在形式方面进行彻底的创新，甚至接触了当时还处于起步阶段的散文诗体裁。

与此同时，他与诗人保罗·魏尔伦有一段轰轰烈烈的恋情，后者对他的作品产生了深远的影响。

大约 20 岁时，兰波突然放弃了文学，只在一些内部杂志上发表过一部作品和几首零星的诗歌。他学习了几种语言，后来在反资产阶级和自由主义思想的驱动下选择了冒险的生活，前往阿比西尼亚。在那里他成了一名商人、探险家和军火商。

兰波的诗作《醉舟》《幽谷睡者》和《元音》既是象征主义诗歌的杰作，又是最著名的法国诗歌。同时兰波也是超现实主义诗歌的鼻祖。兰波早熟的天才、耀眼的文学生涯和短暂而冒险的一生都造就了他的传奇，使其成为法国和世界文学的主要人物之一。

Ma bohème

(Fantaisie)

Je m'en allais, les poings dans mes poches crevées ;
Mon paletot aussi devenait idéal ;
J'allais sous le ciel, Muse ! et j'étais ton féal ;
Oh ! là ! là ! que d'amours splendides j'ai rêvées !

Mon unique culotte avait un large trou.
– Petit-Poucet rêveur, j'égrenais dans ma course
Des rimes. Mon auberge était à la Grande-Ourse.
– Mes étoiles au ciel avaient un doux frou-frou.

Et je les écoutais, assis au bord des routes,
Ces bons soirs de septembre où je sentais des gouttes
De rosée à mon front, comme un vin de vigueur ;

Où, rimant au milieu des ombres fantastiques,
Comme des lyres, je tirais les élastiques
De mes souliers blessés, un pied près de mon cœur !

我的波希米亚 · 幻想曲

何家炜　译

我走了，拳头插在破衣兜里；
连我的外套也变得完美；
我走在天空下，缪斯！我忠于你；
哎呀呀，我曾梦想过辉煌的爱情！

我唯一的短裤上有个大洞。
——像梦想的小拇指，我一路撒下
韵脚。我的客栈在大熊星座。
——我的星星在天空中沙沙作响。

而我聆听着，坐在大路旁，
这九月的良宵，我感觉着额头的
露珠，就像注满活力的葡萄酒；

我在幻想的重重暗影间押着韵，
如同弹着竖琴，我系紧破鞋的
松紧带，一只脚靠近我的心房。

Poésie française moderne et contemporaine

法国现当代诗歌

Paul Claudel

Né en 1868 dans l'Aisne et mort en 1955 à Paris, Paul Claudel est un dramaturge, poète, essayiste et diplomate français. Il est le frère de la sculptrice Camille Claudel.

Claudel étudie le droit et la philosophie avant de se tourner vers l'écriture. Il est profondément influencé par le poète symboliste français Arthur Rimbaud et est considéré comme l'un des poètes les plus importants du symbolisme ultérieur. La plupart de ses œuvres ont une forte connotation religieuse et un sens mystique.

Ses premiers poèmes sont publiés en 1890. Parmi ses œuvres majeures figurent son recueil de poésie en prose *Connaissance de l'Est*, fortement influencé par sa découverte de la culture chinoise lors de ses longs séjours en Chine sous la dynastie Qing en tant que diplomate, ainsi que *Cinq grandes odes* et *Poèmes de guerre*. Il étudie le chinois, il traduit et réécrit certains poèmes chinois, publie des poèmes en prose dans les magazines français où il raconte les coutumes chinoises. Il contribue ainsi fortement aux échanges culturels entre la France et la Chine.

En 1893, il écrit sa première pièce de théâtre à succès, *La ville*. Suivront de nombreuses œuvres dramatiques telles que *Tête d'or*, *Partage de midi*, *Le soulier de satin*, *L'annonce faite à Marie*. Ses œuvres sont traduites dans de nombreuses langues et jouées dans le monde entier. Il écrit aussi des études religieuses et littéraires.

Sa carrière diplomatique l'amène à voyager et séjourner dans de nombreux pays : la Chine, les États-Unis, le Japon, l'Allemagne, l'Italie et le Brésil. Il est élu membre de l'Académie française en 1946.

保罗·克洛岱尔 1868 年出生于埃纳，1955 年逝世于巴黎，法国剧作家、诗人、散文家和外交家。他是雕塑家卡米耶·克洛岱尔的弟弟。

克洛岱尔在转向写作之前学习过法律和哲学。他深受法国象征主义诗人阿瑟·兰波的影响，被认为是后期象征主义最重要的诗人之一。他的大部分作品都具有强烈的宗教内涵和神秘意义。

克洛岱尔最初的诗作于 1890 年出版。他的主要作品包括散文诗集《认识东方》，这是他在清朝时期作为外交官长期留任中国，受到中国文化的强烈影响而写就的著作；他还创作了《五大颂歌》和《战争诗歌》。他学习中文，翻译和改写了一些中国诗歌，并在法国杂志上发表散文诗，讲述中国的风土人情。他为中法文化交流做出了重要的贡献。

1893 年他创作了第一部非常成功的剧本《城市》，随后他又创作了许多戏剧作品，如《金头》《正午的分界》《缎子鞋》和《给圣母报信》。他的作品被翻译成多种语言并在世界各地上演。此外，他还撰写了宗教和文学评论。

克洛岱尔曾在中国、美国、日本、德国、意大利和巴西等国担任外交官。1946 年，他当选为法兰西学院院士。

Les Muses

(extrait)

Les Neuf Muses, et au milieu, Terpsichore !
Je te reconnais, Ménade ! Je te reconnais, Sibylle !
Je n'attends avec ta main point de coupe ou ton sein même
Convulsivement dans tes ongles, Cuméenne dans le tourbillon des feuilles dorées !
Mais cette grosse flûte toute entrouée de bouches à tes doigts indique assez
Que tu n'as plus besoin de la joindre au souffle qui t'emplit
Et qui vient de te mettre, ô vierge, debout !
Point de contorsions : rien du cou ne dérange les beaux plis de ta robe jusqu'aux pieds qu'elle ne laisse point voir !
Mais je sais assez ce que veulent dire cette tête qui se tourne vers le côté, cette mine enivrée et close, et ce visage qui écoute, tout fulgurant de la jubilation orchestrale !

缪斯（节选）

余中先 译

九位缪斯女神，忒耳西科瑞位居正中！
我认出了你，迈那得斯！ 我认出了你，西彼拉！ 在你的手上，甚或在你的胸乳，我从不等待酒杯
痉挛地在你的指甲中，库麦斯女郎就在金色叶子的旋涡中！
但是，这满是孔眼的粗笛，在你的指头下清楚地表明
你不再需要加入这将你充实的气息，
这刚刚让你站立起来的气息，哦，处女！
没有丝毫的扭曲：脖子上无处能扰乱
你衣裙美丽的皱褶，直到它底下不让人看到的双脚！
但是我知道，这转向了侧面的脑袋，这迷醉而又封闭的面容，还有这正在倾听的脸，想说的是什么，满脸闪现的是管弦乐的狂喜！

Un seul bras est ce que tu n'as point pu contenir ! Il se relève, il se crispe,
Tout impatient de la fureur de frapper la première mesure !
Secrète voyelle ! animation de la parole qui naît ! modulation à qui tout l'esprit consonne !
Terpsichore, trouveuse de la danse ! où serait le chœur sans la danse ? quelle autre captiverait
Les huit sœurs farouches ensemble, pour vendanger l'hymne jaillissante, inventant la figure inextricable ?
Chez qui, si d'abord te plantant dans le centre de son esprit, vierge vibrante,
Tu ne perdais sa raison grossière et basse flambant tout de l'aile de ta colère dans le sel du feu qui claque,
Consentiraient d'entrer les chastes sœurs ?

唯一一条胳膊是你所不能够承载之物！ 它高扬，它抽搐，
充满了愤怒，迫不及待地打出最初的节拍！
秘密的元音！ 新生话语的活力！ 整个的精神辅配以音调！
忒耳西科瑞，舞蹈的觅得者！ 没有了舞蹈，合唱又将在何方？ 除了你，又有谁能俘获
相处一起的野蛮的八姐妹，为收获如泉奔涌的颂歌，创造出纠结成一团的形象？
在那里，假如一开始，你就矗立在它精神的中央，你这颤抖不已的处女，
你不丢失它那粗野而又卑下的理由，扇动你愤怒的翅膀，在咔咔作响的火之盐中燃烧一切，
那些贞洁的姐妹就将答应进来吗？

Les Neuf Muses ! aucune n'est de trop pour moi ! Je vois sur ce marbre l'entière neuvaine. À ta droite, Polymnie ! et à la gauche de l'autel où tu t'accoudes !
Les hautes vierges égales, la rangée des sœurs éloquentes
Je veux dire sur quel pas je les ai vues s'arrêter et comment elles s'enguirlandaient l'une à l'autre
Autrement que par cela que chaque main
Va cueillir aux doigts qui lui sont tendus. [...]

九位缪斯！ 对我而言，无一多余！

我在这大理石上看到整个的九日经。在你右侧，波林尼亚！ 就在你肘撑的祭坛的左边！

同样高大的处女们，一长列言辞雄辩的姐妹

我愿说出我看到她们在哪一步上停下来，又如何一个接一个地串成花环

并非由此地每只手

都将从伸过来的手指头上采撷。（……）

Paul Valéry

Né en 1871 à Sète et mort en 1945 à Paris, Paul Valéry est un écrivain, poète et philosophe français.

Il effectue un début de carrière dans l'ombre, secrétaire particulier d'Édouard Lebey, fonction qui lui laisse le loisir de l'étude, de la recherche et des rencontres avec le milieu artistique et littéraire de l'époque. Après avoir écrit quelques poèmes, il décide d'abandonner la poésie pour se consacrer à la pensée et au raisonnement, et publie des ouvrages rigoureux et lucides (*Monsieur Teste*, *Introduction à la méthode de Léonard de Vinci*). Ce n'est qu'au sortir de la Première Guerre mondiale, à l'abord de la cinquantaine, qu'il renoue avec la poésie avec la publication de *La jeune Parque* qui le rend célèbre en tant que poète.

Paul Valéry s'exprime dans ses poèmes sur des thèmes philosophiques tels que la vie et la mort, l'esprit et la chair, l'éternité et le changement. Sa poésie relève du symbolisme. Influencé par Stéphane Mallarmé, il privilégie dans sa poésie la maîtrise formelle plutôt que le sens et l'inspiration. Parmi ses œuvres les plus célèbres figurent *Le cimetière marin*, *Album de vers anciens*, *Charmes*.

Devenu immensément célèbre en tant qu'intellectuel et homme de lettres, il est sollicité de toutes parts pour donner des conférences et produire des articles. Interlocuteur des plus grands scientifiques et penseurs de l'époque, il devient une sorte de « héros intellectuel » national. Il est élu à l'Académie française en 1925. Titulaire d'une chaire de professeur au Collège de France, il alimente sans cesse ses réflexions sur l'art, les sciences, la psychologie ou le langage dans ses *Cahiers* et dans ses essais.

保罗·瓦雷里 1871 年出生于塞特港，1945 年逝世于巴黎，法国作家、诗人和哲学家。

瓦雷里的职业生涯始于幕后，他曾担任爱德华·勒贝的私人秘书，这一职位让他有闲暇时间学习、研究并结交当时的文艺界人物。写过一些诗后，他决定放弃诗歌，致力于思考和推理，并出版了严谨明了的著作（《泰斯特先生》《列奥纳多·达·芬奇方法导引》）。直到第一次世界大战结束后年过五旬，瓦雷里才随着诗集《年轻的命运女神》的出版而重返诗坛并一举成名。

他的诗歌以象征主义为基础，表达了生与死、精神与肉体、永恒与变化等哲学主题。受斯特芳·马拉美的影响，他在诗歌中更倾向于注重形式而不是意义和灵感，代表作品有《海滨墓园》《旧诗稿》《幻美集》。

瓦雷里以作为知识分子和文学家而闻名，他四处讲学、发表文章。他与当时举世瞩目的科学家和思想家们对话，成为一位国家级的“知识英雄”。瓦雷里于 1925 年当选为法兰西学院院士。作为法兰西公学院的教授，瓦雷里不断地在他的笔记和论文中贡献自己对艺术、科学、心理学和语言的思考。

Narcisse parle

Ô frères ! tristes lys, je languis de beauté
Pour m'être désiré dans votre nudité,
Et vers vous, Nymphe, Nymphe, ô Nymphe des fontaines,
Je viens au pur silence offrir mes lames vaines.

Un grand calme m'écoute, où j'écoute l'espoir.
La voix des sources change et me parle du soir ;
J'entends l'herbe d'argent grandir dans l'ombre sainte,
Et la lune perfide élève son miroir
Jusque dans les secrets de la fontaine éteinte.

Et moi ! De tout mon cœur dans ces roseaux jeté,
Je languis, ô saphir, par ma triste beauté !
Je ne sais plus aimer que l'eau magicienne
Où j'oubliai le rire et la rose ancienne.

水仙辞

梁宗岱　译

哥呵，惨淡的白莲，我愁思着美艳，
把我赤裸裸地浸在你溶溶的清泉。
而向着你，女神，女神，水的女神呵，
我来这百静中呈献我无端的泪点。

无边的静倾听着我，我向希望倾听。
泉声忽然转了，它和我絮语黄昏；
我听见银草在圣洁的影里潜生。
宿幻的霁月又高擎她黝古的明镜
照澈那黯淡无光的清泉底幽隐。

我呢！全心抛在这茸茸的芦苇丛中，
愁思，碧玉呵，愁思着我底凄美如梦！
我如今只知爱宠如幻的渌水溶溶，
在那里我忘记了古代蔷薇底欢容。

Que je déplore ton éclat fatal et pur,
Si mollement de moi fontaine environnée,
Où puisèrent mes yeux dans un mortel azur
Mon image de fleurs humides couronnée !

Hélas ! L'image est vaine et les pleurs éternels !
À travers les bois bleus et les bras fraternels,
Une tendre lueur d'heure ambiguë existe,
Et d'un reste du jour me forme un fiancé
Nu, sur la place pâle où m'attire l'eau triste...
Délicieux démon, désirable et glacé !

Voici dans l'eau ma chair de lune et de rosée,
Ô forme obéissante à mes yeux opposée !
Voici mes bras d'argent dont les gestes sont purs !...
Mes lentes mains dans l'or adorable se lassent
D'appeler ce captif que les feuilles enlacent,
Et je crie aux échos les noms des dieux obscurs !...

泉呵，你这般柔媚地把我环护，抱持，
我对你不祥的幽辉真有无限怜意。
我的慧眼在这碧琉璃的霭霭深处，
窥见了我自己底秀颜底寒瓣凄迷。

唉！秀颜儿这般无常呵泪涛儿滔滔！
间乎这巨臂交横的森森绿条
昏黄中有一线腼腆的银辉闪耀……
那里呵，当中这寒流淡淡，密叶萧萧，
浮着一个冷冰冰的精灵，绰约，缥缈，
一个赤裸的情郎在那里依稀轻描！

这就是我水中的月与露底身，
顺从着我两重心愿的娟娟倩形！
我摇曳的银臂底姿势是何等澄清！……
黄金里我迟缓的手已倦了邀请；
奈何这绿阴环抱的囚徒只是不应！
我底心把幽冥的神号掷给回声！……

Adieu, reflet perdu sur l'onde calme et close,
Narcisse… ce nom même est un tendre parfum
Au cœur suave. Effeuille aux mânes du défunt
Sur ce vide tombeau la funérale rose.

Sois, ma lèvre, la rose effeuillant le baiser
Qui fasse un spectre cher lentement s'apaiser,
Car la nuit parle à demi-voix, proche et lointaine,
Aux calices pleins d'ombre et de sommeils légers.
Mais la lune s'amuse aux myrtes allongés.

Je t'adore, sous ces myrtes, ô l'incertaine
Chair pour la solitude éclose tristement
Qui se mire dans le miroir au bois dormant.
Je me délie en vain de ta présence douce,
L'heure menteuse est molle aux membres sur la mousse
Et d'un sombre délice enfle le vent profond.

再会罢，滟滟的碧漪中漾着的娟影，
水仙呵……对于旖旎的心，这轻清的名
无异一阵温馨。请把蔷薇底残瓣
抛散在空茔上来慰长眠的殇魂。

愿你，晶唇呵，是那散芳吻的蔷薇，
抚慰那黄泉下彷徨无依的阴灵。
因为夜已自远自近地切切低语，
低语那满载浓影与轻睡的金杯。
皓月在枝叶垂垂的月桂间游戏。

我礼叩你，月桂下，晃漾着的明肌呵，
你在这万籁如水的静境寂然自开，
对着睡林中的明镜顾影自艾。
我安能与你妩媚的形骸割爱！
虚妄的时辰使绿苔底残梦不胜倦怠，
它欲咽的幽欢起伏于夜风底胸怀。

Adieu, Narcisse… Meurs ! Voici le crépuscule.
Au soupir de mon cœur mon apparence ondule,
La flûte, par l'azur enseveli module
Des regrets de troupeaux sonores qui s'en vont.
Mais sur le froid mortel où l'étoile s'allume,
Avant qu'un lent tombeau ne se forme de brume,
Tiens ce baiser qui brise un calme d'eau fatal !

L'espoir seul peut suffire à rompre ce cristal.
La ride me ravisse au souffle qui m'exile
Et que mon souffle anime une flûte gracile
Dont le joueur léger me serait indulgent !…

Évanouissez-vous, divinité troublée !
Et, toi, verse à la lune, humble flûte isolée,
Une diversité de nos larmes d'argent.

再会罢，水仙…… 凋谢了罢！ 暮色正阑珊。
憔悴的丽影因心中的轻喟而兴澜。
蔚蓝里，袅袅的箫声又恻然吹奏
那铃声四彻的羊群回栏的怅惘。
可是，在这孤星掩映的寒流澹澹，
趁着迟迟的夜墓犹未深锁严关，
别让这惊碎荧荧翠玉的冥吻销残！

一丝儿的希望惊碎这融晶。
愿涟漪掠取我从那流逐我的西风。
更愿我底呼息吹彻这低沉的箫声，
那轻妙的吹箫人于我是这般爱宠！……

隐潜起来罢，心旌摇摇的女灵！
和你，寂寞的箫呵，请将缤纷的银泪
洒向晕青的皓月脉脉地低垂。

Charles Péguy

Né en 1873 à Orléans et mort sur le front en septembre 1914 pendant la Première Guerre mondiale, Charles Péguy est un écrivain, poète, essayiste et officier français.

C'est aussi un intellectuel engagé ; après avoir été militant socialiste, anticlérical, il se rapproche à partir de 1908 du catholicisme. Son œuvre, multiple, comprend des mystères d'inspiration médiévale en vers libres comme *Le porche du mystère de la deuxième vertu*, et des recueils de poèmes en vers réguliers, comme *La tapisserie de Notre-Dame*, d'inspiration mystique et évoquant notamment Jeanne d'Arc, un symbole de l'héroïsme des temps sombres, auquel il reste toute sa vie profondément attaché.

Il fonde la revue *Les Cahiers de la Quinzaine* qui est un miroir des événements politiques et culturels importants de la société française du XXe siècle.

Il publie aussi des essais, notamment *Notre jeunesse* ou *L'argent*, dans lesquels il exprime ses préoccupations sociales et son rejet de l'âge moderne, où toutes les antiques vertus se sont altérées. Le noyau central de toute son œuvre réside dans une profonde foi chrétienne qui ne se satisfait pas des conventions sociales de son époque.

夏尔·贝玑 全名夏尔·皮埃尔·贝玑，1873 年出生于奥尔良，1914 年 9 月第一次世界大战期间阵亡于前线，法国作家、诗人、散文家和军官。

他是一名坚定的知识分子；在成为社会主义和反教权的活动家之后，从 1908 年起向天主教靠拢。他的作品多种多样，包括自由诗中的中世纪灵感之谜，如《第二枢德的奥秘之门廊》，以及格律诗，如受神秘灵感启发的《圣母像挂毯》，尤其让人联想到圣女贞德，贝玑一生都深深依恋这个黑暗时代英雄主义的象征。

他创建的《半月丛刊》是 20 世纪初法国社会重要政治、文化事件的一面镜子。

他还发表了一些文章，特别是《我们的青春》和《金钱》，表达了他对社会的关切和对现代的拒绝，因为他觉得所有古老的美德都在现代被改变。贝玑所有作品的核心在于深厚的基督教信仰，但这与当时的社会习俗格格不入。

Le porche du mystère de la deuxième vertu

(extraits)

[...]

Ô nuit, ô ma fille la Nuit, toi qui sais te taire, ô ma fille au beau manteau.
Toi qui verses le repos et l'oubli. Toi qui verses le baume, et le silence, et l'ombre
Ô ma Nuit étoilée je t'ai créée la première.
Toi qui endors, toi qui ensevelis déjà dans une Ombre éternelle
Toutes mes créatures
Les plus inquiètes, le cheval fougueux, la fourmi laborieuse,
Et l'homme ce monstre d'inquiétude.
Nuit qui réussis à endormir l'homme
Ce puits d'inquiétude.
À lui seul plus inquiet que toute la création ensemble.
L'homme, ce puits d'inquiétude.
Comme tu endors l'eau du puits.

第二枢德的奥秘之门廊（节选）

徐知免 译

(……)

哦夜啊，哦夜啊我的女儿，你总是这样沉默，哦我的女儿，
　　你永远披着美丽的长袍。
你送来休息和遗忘。你倾注下芳香、寂静和阴影。
哦缀满繁星的夜我第一个创造了你。
你催人入睡，你把我所有的最惶惑的创造物，
奔腾的骏马，勤劳的蚂蚁
和人这烦躁不安的怪物，
都埋进了永恒的夜色。
夜成功地使人——这不安的井——
进入梦乡，
只把比一切生物烦躁的他，
人，这不安的井，催入梦乡，
就好像你让井中的水入梦一样。

Ô ma nuit à la grande robe

Qui prends les enfants et la jeune Espérance

Dans le pli de ta robe

Mais les hommes ne se laissent pas faire.

Ô ma belle nuit je t'ai créée la première.

Et presque avant la première

Silencieuse aux longs voiles

Toi par qui descend sur terre un avant-goût

Toi qui répands de tes mains, toi qui verses sur terre

Une première paix

Avant-coureur de la paix éternelle.

Un premier repos

Avant-coureur du repos éternel.

Un premier baume, si frais, une première béatitude

Avant-coureur de la béatitude éternelle.

[...]

哦我的披着长袍的夜啊，
你把孩子们和年轻的希望放进
你长袍的褶皱，
但是人们并不听任摆布。
哦我美丽的夜我第一个创造了你，
几乎在长长的帷幕最初的寂静降落之前，
你从这里放下一片预感，
你从手上流泻出第一个和平，
并撒遍大地，永恒的和平的先驱。
第一份香膏，如此芬芳，第一次真福，
　　永恒的真福的先驱……

Nuit tu es sainte, Nuit tu es grande, Nuit tu es belle.

Nuit au grand manteau.

Nuit je t'aime et je te salue et je te glorifie et tu es ma grande fille et ma créature.

Ô belle nuit, nuit au grand manteau, ma fille au manteau étoilé

Tu me rappelles, à moi-même tu me rappelles ce grand silence qu'il y avait

Avant que j'eusse ouvert les écluses d'ingratitude.

Et tu m'annonces, à moi-même tu m'annonces ce grand silence qu'il y aura

Quand je les aurai fermées.

Ô douce, ô grande, ô sainte, ô belle nuit, peut-être la plus sainte de mes filles, nuit à la grande robe, à la robe étoilée

夜啊你是圣洁的，夜啊你是伟大的，夜啊你是美丽的。
夜披着长袍。
夜啊我爱你，向你致敬，我赞美你，你是我的长女，
　　我的创造物。
哦美丽的夜啊，披着长袍的夜啊，我披着点点繁星的
　　长袍的女儿；
你让我记起，让我记起在我打开徒劳的闸门之前这里
　　有浩渺的宁静。
你向我宣布，这未来必将来临的浩渺的宁静，
当我把闸门关闭的时候，
哦温柔的，哦伟大的，哦圣洁的，哦美丽的夜，我最
　　圣洁的女儿，披着长袍的夜，缀满繁星的夜啊，

Tu me rappelles ce grand silence qu'il y avait dans le monde
Avant le commencement du règne de l'homme.
Tu m'annonces ce grand silence qu'il y aura
Après la fin du règne de l'homme, quand j'aurai repris mon sceptre.
Et j'y pense quelquefois d'avance, car cet homme fait vraiment beaucoup de bruit.
[…]

你让我记起这世界上曾经有过的浩渺的宁静，
在人开始统治之前。
你让我想起这未来浩渺的宁静，
在人类的统治结束之后，当我重新拿起权杖的时候。
而我有时想起这些，因为正是人类才引起了满天风雨。
(……)

Victor Segalen

Né en 1878 à Brest et mort en 1919 à Huelgoat, Victor Segalen est un médecin, romancier, poète, ethnographe, sinologue et archéologue français.

En tant que médecin de la marine, Victor Segalen se découvre une passion pour les voyages. Ses séjours à l'étranger l'inspirent, il écrit ainsi le roman poétique *Les immémoriaux* après avoir visité la Polynésie.

Pris de passion pour l'Orient, qui sera sa plus grande source d'inspiration, il fait de fréquents séjours en Chine entre 1909 et 1917. Il y soigne la peste en tant que médecin et y fait des recherches comme archéologue sur de nombreux sites culturels importants de la Chine ancienne. Il écrit plusieurs traités savants sur l'architecture et la sculpture des mausolées chinois anciens, comme *La grande statuaire chinoise*. Il écrit un grand nombre de poèmes, d'essais et de romans inspirés par une compréhension profonde et une riche perception de la civilisation et de la culture de la Chine, comme le roman *René Leys*, paru en 1921, ses poèmes en prose *Stèles*, *Thibet*, *Le fils du ciel : chroniques des jours souverains*. Il est connu comme le « poète chinois de France ».

维克多·谢阁兰 1878 年出生于布雷斯特，1919 年逝世于韦尔戈阿，法国医生、小说家、诗人、民族志学家、汉学家和考古学家。

谢阁兰在当海军医生时燃起了对旅行的热情。国外的经历给了他很大的启发，在访问波利尼西亚后，他写下了小说《远古人》。

对东方的热爱，是谢阁兰最大的灵感来源，他在 1909 年至 1917 年间频繁访问中国。他作为医生治疗鼠疫，作为考古学家对许多中国古代遗址进行研究，并撰写了很多关于中国古代陵墓建筑和雕塑的学术论文，例如《伟大的中国雕像》。凭借对中华文明和文化的深刻理解和丰富感悟，他创作了大量的诗歌、散文和小说，如 1921 年出版的小说《勒内·莱斯》，散文诗《碑》《西藏》《天子：君王编年史》，因此他被称作“法国的中国诗人”。

Sans marque de règne

Honorer les Sages reconnus ; dénombrer les Justes ; redire à toutes les faces que celui-là vécut, et fut noble et sa contenance vertueuse,

Cela est bien. Cela n'est pas de mon souci : tant de bouches en dissertent ! Tant de pinceaux élégants s'appliquent à calquer formules et formes,

Que les tables mémoriales se jumellent comme les tours de veille au long de la voie d'Empire, de cinq mille en cinq mille pas.

*

Attentif à ce qui n'a pas été dit ; soumis par ce qui n'est point promulgué ; prosterné vers ce qui ne fut pas encore,

无年号

车槿山　秦海鹰　译

景仰那些公认的贤哲，清点那些正人君子，向所有的面孔反复陈述那人曾经活过，而且品德高贵，仪态端庄，

这很好。这不用我操心：多少张嘴在评说！多少支文雅的笔在努力临摹着格言和格式，

纪念碑像那些沿帝国大道五千步一设的烽火台般成双成对地排列。

*

我聆听未道之言，遵从未颁之令，崇拜未竟之业，

Je consacre ma joie et ma vie et ma piété à dénoncer des règnes sans années, des dynasties sans avènements, des noms sans personnes, des personnes sans noms,

Tout ce que le Souverain-Ciel englobe et que l'homme ne réalise pas.

*

Que ceci donc ne soit point marqué d'un règne ; – ni des Hsia fondateurs ; ni des Tcheou législateurs ; ni des Han, ni des Thang, ni des Soung, ni des Yuan, ni des Grands Ming, ni des Tshing, les Purs, que je sers avec ferveur,

Ni du dernier des Tshing dont la gloire nomma la période Kouang-Siu, –

用我的欢乐、我的生命、我的虔心宣告无纪年的统治、无登基的王朝、无人的名、无名的人、上天包容而人类却未领悟的一切。

*

所以，愿此碑不标示任何朝代：不是创业的夏，不是立法的周，不是汉、唐、宋、元和大明，不是我热诚侍奉的清白的清，

也不是因荣耀而被称为光绪的清朝末代，——

*

Mais de cette ère unique, sans date et sans fin, aux caractères indicibles, que tout homme instaure en lui-même et salue,

À l'aube où il devient Sage et Régent du trône de son cœur.

*

而是这个无年代、无尽期、无法形诸文字的独特纪元，
每人都把它建在自己的身上并向它致敬，

当他成为贤哲、在心灵宝座上摄政的那个清晨。

Guillaume Apollinaire

Né à Rome en 1880 et mort à Paris en 1918 de la grippe espagnole, Guillaume Apollinaire est un poète, romancier, dramaturge, critique littéraire et théoricien d'art français, d'origine polonaise.

Apollinaire est considéré comme l'un des poètes français les plus importants du XXe siècle ; sa poésie est à la fois symboliste et surréaliste, novatrice par sa forme d'expression. Il est l'auteur du recueil *Alcools* publié en 1913, contenant entre autres les poèmes *Zone*, *La chanson du mal-aimé*, *Le pont Mirabeau* et *Calligrammes*. Plusieurs de ses poèmes font l'objet d'adaptations en chanson.

Il expérimente un temps la pratique du calligramme, désignant des poèmes écrits en forme de dessin et non de forme classique en vers et strophes. Il est le chantre de nombreuses avant-gardes artistiques de son temps, notamment du cubisme et de l'orphisme, à la gestation desquelles il participe en tant que poète et théoricien de *L'esprit nouveau*.

Précurseur du surréalisme, il en forge le nom dans son drame *Les mamelles de Tirésias*. Il écrit des contes tels *Hérésiarque & Cie* et *Le poète assassiné.*

纪尧姆·阿波利奈尔 1880 年出生于罗马，1918 年因患西班牙流感在巴黎去世，波兰裔法国诗人、小说家、批评家和艺术理论家。

阿波利奈尔被认为是 20 世纪最重要的法国诗人之一，他的诗歌既有象征主义风格又有超现实主义风格，在表达形式上极具创新性。他于 1913 年出版诗集《醇酒集》，还发表过诗歌《市郊贫民区》《错爱之歌》《米拉波桥》和《图画诗》。他的多首诗歌被改编成歌曲。

他曾一度尝试书法实践，以图画形式而非经典的诗句形式写诗歌。他是当时许多艺术先锋派的拥护者，特别是立体主义和奥费主义，并作为《新精神》杂志的诗人和理论家参与了这些艺术的孕育。

作为超现实主义的先驱，阿波利奈尔在戏剧《蒂雷西亚的乳房》中创造了“超现实主义”这个词。他还写过《异端派首领与公司》和《被杀害的诗人》等小说。

Le pont Mirabeau

Sous le pont Mirabeau coule la Seine
Et nos amours
Faut-il qu'il m'en souvienne
La joie venait toujours après la peine

Vienne la nuit sonne l'heure
Les jours s'en vont je demeure

Les mains dans les mains restons face à face
Tandis que sous
Le pont de nos bras passe
Des éternels regards l'onde si lasse

Vienne la nuit sonne l'heure
Les jours s'en vont je demeure

米拉波桥

余中先　译

米拉波桥下塞纳河滚滚而流
　　还有我们的爱情
　　往事又何需回首
欢乐总是跟随痛苦之后

　　钟声敲响，暮色浓阴
　　时光如梭，唯我留存

我们手拉手，脸对脸
　　而在我们的手臂
　　拱成的桥底下
波浪随永恒的目光倦倦流逝

　　钟声敲响，暮色浓阴
　　时光如梭，唯我留存

L’amour s’en va comme cette eau courante
L’amour s’en va
Comme la vie est lente
Et comme l’Espérance est violente

Vienne la nuit sonne l’heure
Les jours s’en vont je demeure

Passent les jours et passent les semaines
Ni temps passé
Ni les amours reviennent
Sous le pont Mirabeau coule la Seine

Vienne la nuit sonne l’heure
Les jours s’en vont je demeure

爱情一去便不复返
　　如河水滔滔日夜流
　　爱情逝去，岁月是那么迟缓
希望却又顽强显现

　　钟声敲响，暮色浓阴
　　时光如梭，唯我留存

日子不停歇，星期也不停留
　　时间和爱情
　　就这样一去不回头
米拉波桥下塞纳河滚滚而流

　　钟声敲响，暮色浓阴
　　时光如梭，唯我留存

Saint-John Perse

De son vrai nom Alexis Léger, né en 1887 à Pointe-à-Pitre en Guadeloupe et mort en 1975 à Hyères, Saint-John Perse est un poète, écrivain et diplomate français.

De 1916 à 1921, il travaille à l'ambassade de France à Pékin, période durant laquelle il écrit le long poème *Anabase*, qui est traduit et attire l'attention du cercle littéraire international. Pendant la Seconde Guerre mondiale, il se réfugie aux États-Unis et ne rentre en France qu'en 1957. Son talent poétique a été mis à profit pendant son exil, avec des poèmes importants comme *Exil*, *Pluies*, *Neiges* et *Vents*. En 1957, il publie le long poème *Amers* qui est reconnu comme l'un des chapitres les plus importants de la poésie française.

En marge des mouvements littéraires de son époque, sa poésie, en versets, est réputée pour un certain hermétisme, mais aussi pour sa force d'évocation, puisant ses images dans la nature.

Il reçoit le prix Nobel de littérature en 1960 « pour l'envolée altière et la richesse imaginative de sa création poétique, qui donne un reflet visionnaire de l'heure présente ».

À l'occasion du 50e anniversaire de l'établissement des relations diplomatiques entre la Chine et la France, le temple Taoyuan, ancienne résidence de Saint-John Perse dans les montagnes à l'ouest de Pékin, a été reconstruit et un monument a été érigé pour commémorer cet événement historique.

圣－琼·佩斯 原名亚历克斯·莱热，1887 年出生于瓜德罗普岛皮特尔角城，1975 年于耶尔逝世，法国诗人、作家和外交家。

佩斯于 1916 年至 1921 年在北京的法国大使馆工作，其间创作了长诗《远征》，该诗经翻译引起国际文坛的关注。第二次世界大战期间，他避难美国直至 1957 年才返回法国。他的诗歌才华在流亡期间得到了充分发挥，创作了《流亡》《雨》《雪》和《风》等重要作品。1957 年发表的长诗《海标》被认为是法国诗歌最重要的诗篇之一。

在当时的文学运动中，他的诗歌以其神秘主义和从自然中汲取意象、唤起力量而闻名。

佩斯因“诗歌创作的高超的飞越与丰盈的想象，表达了一种关于目前这个时代之富于意象的沉思”，于 1960 年获得诺贝尔文学奖。

在中法建交五十周年时，圣－琼·佩斯在北京西山的故居桃源寺得以复建，并为其立碑，以纪念这段历史。

Neiges

(extrait)

Et puis vinrent les neiges, les premières neiges de l'absence, sur les grands lés tissés du songe et du réel ; et toute peine remise aux hommes de mémoire, il y eut une fraîcheur de linges à nos tempes.

Et ce fut au matin, sous le sel gris de l'aube, un peu avant la sixième heure, comme en un havre de fortune, un lieu de grâce et de merci où licencier l'essaim des grandes odes du silence.

Et toute la nuit, à notre insu, sous ce haut fait de plume, portant très haut vestige et charge d'âmes, les hautes villes de pierre ponce forées d'insectes lumineux n'avaient cessé de croître et d'exceller, dans l'oubli de leur poids.

Et ceux-là seuls en surent quelque chose, dont la mémoire est incertaine et le récit est aberrant.

雪（节选）

叶汝琏　译

于是降雪了，首批别离的阵雪，落到梦幻和现实织成的巨幅布帛上；有记忆的人们忘却了种种苦楚，我们双鬓唯有床单的清香。

这是大清早，盐灰的曙色笼罩，约莫早于六点钟光景，犹如客次于一个临时的港口，一处恩赐的避难所，在这里，散落着串串静谧的伟大颂歌。

这一通宵，不知不觉，鹅毛雪片纷扬不息，那座座摩天大厦——被萤火虫剔透的浮石，高高地托起无数心灵的遗痕和重荷，不停地增长，而且将所负的重载卓尔忘怀。

唯独那些昆虫，略知其中底细，不过它们的记性恍惚，讲述得又很怪诞。

La part que prit l'esprit à ces choses insignes, nous l'ignorons.

Nul n'a surpris, nul n'a connu, au plus haut front de pierre, le premier affleurement de cette heure soyeuse, le premier attouchement de cette chose fragile et très futile, comme un frôlement de cils.

Sur les revêtements de bronze et sur les élancements d'acier chromé, sur les moellons de sourde porcelaine et sur les tuiles de gros verre, sur la fusée de marbre noir et sur l'éperon de métal blanc, nul n'a surpris, nul n'a terni cette buée d'un souffle à sa naissance, comme la première transe d'une lame mise à nu...

心灵对这些非凡事物所起的影响，我们也无从知晓。

谁也不曾诧异，谁也不曾察觉，这丝绒般的时刻，这轻脆、细琐之极的东西首次掠过、触及那高耸的石面，好像睫毛一眨。

在青铜的覆盖和铬钢的射角上，在哑然的瓷砾和厚大的玻璃瓦上，在黑大理石的骑雕的和白金属的马刺上，都一一落上了阵雪，没有任何人惊动，也没有人玷污，这气息初凝的水汽。恰似一柄刚出鞘的宝剑乍现的一颤……

Il neigeait, et voici, nous en dirons merveilles : l'aube muette dans sa plume, comme une grande chouette fabuleuse en proie aux souffles de l'esprit, enflait son corps de dahlia blanc.

Et de tous les côtés il nous était prodige et fête.

Et le salut soit sur la face des terrasses, où l'Architecte, l'autre été, nous a montré des œufs d'engoulevent !

雪在下，看呀，我们来说说它的奇妙吧！静悄的黎明周身丰羽，像只传奇的巨枭，一任精气吹拂，鼓起它那白色大丽菊的形体。

奇景和欢乐从四面八方向我们涌来。

让我们朝那露天茶座的门面一一致候吧，恰是旧年夏天，那位建筑师就在那儿指给我们看过夜鹰下的好些卵。

Louis Aragon

Né en 1897 et mort en 1982, Louis Aragon est un poète, romancier et journaliste français.

Pendant la Première Guerre mondiale, il est enrôlé dans l'armée en tant qu'assistant médical. Il reçoit une médaille pour sa bravoure au combat.

Avec André Breton et Paul Éluard, il est l'un des animateurs du dadaïsme parisien et du surréalisme. Après sa rupture avec le surréalisme en 1931, il s'engage pleinement au sein du Parti communiste français, auquel il avait adhéré en 1927, et dans la doctrine littéraire du réalisme socialiste après sa visite en Union soviétique. Il participe au comité de rédaction de *L'humanité*, journal du comité central du Parti communiste français.

Après la défaite de 1940, il entre dans la clandestinité pour rejoindre la Résistance. On observe également un tournant dans sa poésie, et Aragon se tourne alors vers une réinterprétation de la tradition poétique et romanesque.

Il publie des recueils de poésie (*Le crève-cœur*, *Les yeux d'Elsa*, *Le roman inachevé*), des romans (*Aurélien*), des nouvelles (*Servitudes et grandeurs des Français*) et des essais (*L'homme communiste*). Avec Elsa Triolet, il forme l'un des couples emblématiques de la littérature française du XXe siècle. Plusieurs recueils d'Aragon lui sont dédiés, et ses œuvres font souvent référence à celles de sa compagne.

À partir de la fin des années 1950, Léo Ferré et Jean Ferrat mettent en musique nombre de ses poèmes, ce qui contribue à faire connaître son œuvre poétique à un large public.

路易·阿拉贡 1897 年出生，1982 年去世，法国诗人、小说家和记者。

第一次世界大战期间，他被征召入伍担任医疗助理，并因在战斗中的英勇表现而被授予奖章。

他与安德烈·布勒东、保罗·艾吕雅一样，是巴黎达达主义和超现实主义的推动者之一。阿拉贡于 1927 年加入法国共产党。1931 年他在访问苏联后与超现实主义决裂，全面投入社会主义现实主义文学学说。他是法国共产党中央机关报《人道报》编辑委员会的成员。

1940 年法国沦陷后，他转入地下参加抵抗运动。至此，他的诗歌也出现了转折点，转向对诗歌和浪漫主义传统的重新诠释。

阿拉贡曾出版诗集（《断肠集》《艾尔莎的眼睛》《未完成的小说》）、长篇小说集（《奥雷连》）、短篇小说集（《法国人的荣辱》）和散文集（《共产党人》）。他与艾尔莎·特里奥莱是二十世纪法国文学中的传奇情侣。阿拉贡的几本诗集都是献给她的，在创作中也经常引用她的作品。

从二十世纪五十年代末开始，莱奥·费雷和让·费拉将他的许多诗歌改编成音乐作品，这使得阿拉贡的诗作更为广大读者所熟知。

Les yeux d'Elsa

Tes yeux sont si profonds qu'en me penchant pour boire
J'ai vu tous les soleils y venir se mirer
S'y jeter à mourir tous les désespérés
Tes yeux sont si profonds que j'y perds la mémoire

À l'ombre des oiseaux c'est l'océan troublé
Puis le beau temps soudain se lève et tes yeux changent
L'été taille la nue au tablier des anges
Le ciel n'est jamais bleu comme il l'est sur les blés

Les vents chassent en vain les chagrins de l'azur
Tes yeux plus clairs que lui lorsqu'une larme y luit
Tes yeux rendent jaloux le ciel d'après la pluie
Le verre n'est jamais si bleu qu'à sa brisure

Mère des Sept douleurs ô lumière mouillée
Sept glaives ont percé le prisme des couleurs
Le jour est plus poignant qui point entre les pleurs
L'iris troué de noir plus bleu d'être endeuillé

艾尔莎的眼睛

徐知免　译

你的眼睛这样深沉，当我弓下身来啜饮
我看见所有的太阳都在其中弄影
一切失望投身其中转瞬逝去
你的眼睛这样深沉使我失去记忆

是鸟群掠过一片惊涛骇浪
晴光潋滟，你的眼睛蓦地变幻
夏季在为天使们剪裁云霞作衣裳
天空从来没有像在麦浪上这样湛蓝

什么风也吹不尽碧空的忧伤
你泪花晶莹的眼睛比它还明亮
你的眼睛连雨后的晴空也感到嫉妒
玻璃杯裂开的那一道印痕才最蓝最蓝

苦难重重的母亲啊雾湿流光
七支剑已经把彩色的棱镜刺穿
泪珠中透露出晶亮更加凄楚
隐现出黑色的虹膜因悲哀而更青

Tes yeux dans le malheur ouvrent la double brèche
Par où se reproduit le miracle des Rois
Lorsque le cœur battant ils virent tous les trois
Le manteau de Marie accroché dans la crèche

Une bouche suffit au mois de Mai des mots
Pour toutes les chansons et pour tous les hélas
Trop peu d'un firmament pour des millions d'astres
Il leur fallait tes yeux et leurs secrets gémeaux

L'enfant accaparé par les belles images
Écarquille les siens moins démesurément
Quand tu fais les grands yeux je ne sais si tu mens
On dirait que l'averse ouvre des fleurs sauvages

你的眼睛在忧患中启开双睫
从其中诞生出古代诸王的奇迹
当他们看到不禁心怦怦跳动
玛利亚的衣裳悬挂在马槽当中

五月里一张嘴已经足够
唱出所有的歌，发出所有的叹息
苍穹太小了盛不下千百万星辰
它们需要你的眼睛和它们的双子星座

孩子们为瑰丽的景色所陶醉
微微眯起了他们的目光
当你睁开大眼睛我不知道你是不是扯谎
像一阵骤雨催开了多少野花芬芳

Cachent-ils des éclairs dans cette lavande où
Des insectes défont leurs amours violentes
Je suis pris au filet des étoiles filantes
Comme un marin qui meurt en mer en plein mois d'août

J'ai retiré ce radium de la pechblende
Et j'ai brûlé mes doigts à ce feu défendu
Ô paradis cent fois retrouvé reperdu
Tes yeux sont mon Pérou ma Golconde mes Indes

Il advint qu'un beau soir l'univers se brisa
Sur des récifs que les naufrageurs enflammèrent
Moi je voyais briller au-dessus de la mer
Les yeux d'Elsa les yeux d'Elsa les yeux d'Elsa

他们是不是把闪光藏在熏衣草里
草间的昆虫扰乱了他们的炽烈情爱
我已经被流星的光焰攫住
仿佛一个水手八月淹死在大海

我从沥青矿里提炼出了镭
我被这禁火灼伤了手指
啊千百次失而复得的乐园而今又已失去
你的眼睛是我的秘鲁我的戈尔康达我的印度

偶然在一个晴日的黄昏宇宙破了
在那些盗贼们焚烧的礁石上
我啊我看到海面上突然熠亮
艾尔莎的眼睛艾尔莎的眼睛艾尔莎的眼睛

Henri Michaux

Né en 1899 à Namur en Belgique et mort en 1984 à Paris, Henri Michaux est un poète et peintre, naturalisé français en 1955.

À partir de 1922, il collabore activement à la revue d'avant-garde *Le disque vert*, y faisant paraître ses premiers écrits. Il arrive à Paris à 25 ans et entre en contact avec le mouvement surréaliste, puis commence à publier des poèmes dans des revues littéraires, ainsi qu'à dessiner et à peindre. Au cours des dix années suivantes, il voyage en Amérique du Sud, au Japon, en Chine, en Inde. Il publie des carnets de voyage, comme *Ecuador* et *Un barbare en Asie*. La culture orientale a une grande influence sur son œuvre, la philosophie du bouddhisme et la calligraphie orientale deviennent des thèmes majeurs de ses poèmes et de ses dessins.

Parmi ses œuvres représentatives figurent *Qui je fus*, *Plume*, *La vie dans les plis*, *Face aux verrous*, *Misérable miracle*.

Ses poèmes puisent dans les paysages poétiques profonds de son subconscient, intégrant la culture orientale et ses expériences de voyage, décrivant son monde imaginaire et ses rêves parfois déroutants. Il utilise les aphorismes et un lexique et une syntaxe inventifs, il conjugue l'intensité de l'émotion et la distance de l'humour. Ses peintures se situent également à la frontière entre l'art concret et l'art abstrait et ont été exposées au Centre Pompidou à Paris, dans les musées Guggenheim (New York, Bilbao) et Seibu à Tokyo.

Toute sa vie, il fuit toute publicité, tout honneur. En 1965, il remporte le Grand Prix national des lettres, qu'il refuse d'accepter.

亨利·米肖 1899年出生于比利时那慕尔，1984年逝世于巴黎。诗人、画家，1955年入籍法国。

从1922年起，他积极与先锋杂志《绿唱片》合作，发表了许多早期作品。25岁时米肖来到巴黎，接触到超现实主义运动，开始在文学杂志上发表诗歌作品，并进行绘画创作。此后10年间，他游历了南美、日本、中国和印度，并出版了《厄瓜多尔》和《一个野蛮人在亚洲》等著作。他的作品深受东方文化的影响，佛教哲学和东方书法成为他诗歌和绘画的主题。

他的代表作有《我从前是谁》《普卢姆》《褶皱里的生活》《面对牢门》《悲惨奇迹》等。

米肖的诗歌注重挖掘潜意识深处的诗意图景，将东方文化和旅行经历融入写作，描述了他想象的世界、迷离的梦境。他使用格言和富有创意的词汇和句法，将情感的强度和幽默的距离结合起来。他的画作也介于具象艺术和抽象艺术之间，曾在巴黎蓬皮杜艺术中心、古根海姆博物馆（纽约、毕尔巴鄂）和东京西武博物馆展出。

米肖一生回避公众关注和荣誉。1965年，他因其全部作品被授予法国国家文学大奖，但他拒绝接受。

Emportez-moi

Emportez-moi dans une caravelle,
Dans une vieille et douce caravelle,
Dans l'étrave, ou si l'on veut, dans l'écume,
Et perdez-moi, au loin, au loin.

Dans l'attelage d'un autre âge.
Dans le velours trompeur de la neige.
Dans l'haleine de quelques chiens réunis.
Dans la troupe exténuée des feuilles mortes.

Emportez-moi sans me briser, dans les baisers,
Dans les poitrines qui se soulèvent et respirent,
Sur les tapis des paumes et leur sourire,
Dans les corridors des os longs et des articulations.

Emportez-moi, ou plutôt enfouissez-moi.

带我走吧

何家炜 译

带我走吧，用一艘小帆艇，
一艘老旧而温存的小帆艇。
在船头，或随意吧，在水沫中，
将我遗失，远去，远去。

在另一个时代的老套车里。
在雪地那迷惑人的天鹅绒上。
在几条狗合起来的喘息中。
在筋疲力尽的阵阵落叶上。

带我走吧，别将我揉碎，在亲吻中，
在呼吸起伏的胸脯上，
在手掌的覆盖及其微笑中，
在长骨和关节的回廊里，

带我走吧，或最好将我埋藏。

René Char

Né en 1907 à L'Isle-sur-la-Sorgue et mort en 1988 à Paris, René Char est un poète et résistant français.

Toute son existence se déroule dans sa campagne natale dans le sud de la France. Pendant la Seconde Guerre mondiale, chef de la résistance dans les Basses-Alpes, il devient un ami proche d'Albert Camus.

Il est influencé par le surréalisme. En 1930, il publie en collaboration avec André Breton et Paul Éluard un recueil de poèmes intitulé *Ralentir travaux*. Après la libération de la France, il publie de nombreux recueils de poésie, parmi lesquels on peut citer les plus représentatifs de son œuvre : *Le marteau sans maître*, *Feuillets d'Hypnos*, *Fureur et mystère*, *La parole en archipel*, *Dans la pluie giboyeuse*.

勒内 · 夏尔 1907 年出生于索尔格河畔利勒，1988 年逝世于巴黎，法国诗人和抵抗组织成员。

他的一生都在法国南部的家乡度过。在第二次世界大战期间，他是下阿尔卑斯抵抗组织的领导人，并与阿尔贝 · 加缪结为密友。

夏尔深受超现实主义的影响。1930 年，他与安德烈 · 布勒东和保罗 · 艾吕雅合作出版了名为《放慢工作》的诗集。法国光复后，他出版了许多诗集，最具代表性的有《没有主人的锤子》《伊普诺斯的书页》《愤怒与神秘》《群岛上的谈话》《在多猎物的雨里》。

Qu'il vive !

Ce pays n'est qu'un vœu de l'esprit, un contre-sépulcre.

Dans mon pays, les tendres preuves du printemps et les oiseaux mal habillés sont préférés aux buts lointains.
La vérité attend l'aurore à côté d'une bougie. Le verre de fenêtre est négligé. Qu'importe à l'attentif.
Dans mon pays, on ne questionne pas un homme ému.
Il n'y a pas d'ombre maligne sur la barque chavirée.
Bonjour à peine, est inconnu dans mon pays.
On n'emprunte que ce qui peut se rendre augmenté.
Il y a des feuilles, beaucoup de feuilles sur les arbres de mon pays. Les branches sont libres de n'avoir pas de fruits.
On ne croit pas à la bonne foi du vainqueur.
Dans mon pays, on remercie.

愿它永生

何家炜　译

这国度仅仅是一个精神的意愿，一个掘圣墓者。

在我的国度，春天温柔的见证以及散羽的鸟群为遥远的目标所钟情。
真理在一支蜡烛旁等待晨光。窗玻璃不修边幅。殷勤有加。
在我的国度，人们从不质问一个激动的人。
倾覆的小船上没有凶恶的阴影。
致候痛苦，在我的国度闻所未闻。
将因之增长的，人们才会借用。
叶子，许多叶子在树上，在我的国度，树枝因不长果实而自由。
我们不信征服者的那套信仰。
在我的国度，人们感激着。

Yves Bonnefoy

Né en 1923 à Tours et mort en 2016 à Paris, Yves Bonnefoy est un poète, critique littéraire et traducteur français.

Il est considéré comme un poète majeur de la seconde moitié du XXe et du début du XXIe siècle.

Sa création poétique est influencée par la tradition symboliste de Baudelaire, Valéry et Mallarmé, y mêlant la vitalité innovante de l'art moderne, ce qui représente bien le courant dominant de la poésie française depuis le milieu du XXe siècle. Il fait partie du groupe surréaliste, qu'il quitte au seuil des années 1950.

En 1953, il publie son premier recueil de poèmes, *Du mouvement et de l'immobilité de Douve*. Plus tard, il publie de nombreux recueils de poésie, tels que *Hier régnant désert*, *Pierre écrite*, *Dans le leurre du seuil*. Il remporte de nombreux prix de poésie en France et à l'étranger. Pour l'ensemble de son œuvre, il reçoit en 1981 le Grand Prix de poésie de l'Académie française, et en 1987 le Grand Prix de littérature de la Société des gens de lettres (SGDL) et le prix Goncourt de la poésie.

Il publie également des essais sur la littérature, se passionne pour les arts et les mythologies, s'impose comme l'un des grands traducteurs de Shakespeare. En 1981 il succède à Paul Valéry au Collège de France, à la chaire d'études comparées de la fonction poétique. C'est l'un des écrivains contemporains parmi les plus traduits dans le monde.

伊夫·博纳富瓦 1923 年出生于图尔，2016 年逝世于巴黎，法国诗人、艺术评论家和翻译家。

他被认为是二十世纪下半叶和二十一世纪初的重要诗人。

他的诗歌创作师宗波德莱尔、瓦雷里和马拉美的象征主义传统，融合了现代艺术的创新活力，代表了二十世纪中叶以来法国诗歌的主流。他在二十世纪五十年代初脱离了超现实主义团体。

1953 年，他出版了第一本诗集《杜弗的动与静》。后来又陆续出版了许多诗集，例如《荒漠统治的昨天》《刻字石》《在门槛的圈套里》等。他在法国和国际上赢得了无数奖项，1981 年凭借所有作品获得法兰西学院诗歌大奖，1987 年获得文学家协会大奖以及龚古尔诗歌奖。

他还发表了文学论文，对艺术和神话充满热情，是莎士比亚作品的杰出翻译家之一。1981 年，他接替保罗·瓦雷里在法兰西公学院讲授诗歌理论和比较诗学。他是世界上作品被翻译最多的当代作家之一。

Un poète

Se voulait-il une torche
Qu'il eût jetée dans la mer ?
Il alla loin dans les flaques
D'entre là-bas et le ciel,

Puis il se retourna vers nous,
Mais le vent l'avait désécrit
Bien que sa main fût crispée
Sur les mondes de la fumée.

Feuilles éparses de sibylles,
Parole extrême déchirée,
Que dit-il ? Nous n'avons pas su.

Il croyait en des mots plus simples,
Mais là-bas n'est qu'ici encore,
Et nul signe n'est l'eau qui brille.

一位诗人

树才　译

他想要一支火炬
把它扔进大海？
他走向远处水洼
在那边和天空之间，

然后他转身走向我们，
但是风已将他抹去
虽然他的手缩着
在烟的世界之上。

女巫的浓稠叶片，
撕裂的极端语言，
他说什么？ 我们不知道。

他相信一些更简单的词，
但那边仍不过是此处，
无一符号不是水在闪光。

Philippe Jaccottet

Né en 1925 à Moudon en Suisse et mort en 2021 à Grignan, Philippe Jaccottet est un poète et traducteur, naturalisé français en 1950.

Il commence à écrire de la poésie à l'âge de 17 ans. En 1946, il est envoyé travailler à Paris par la maison d'édition suisse Melmont, où il rencontre un groupe d'écrivains créatifs, tels que Francis Ponge et Yves Bonnefoy. Il s'installe ensuite dans un petit village du sud de la France et se consacre à l'écriture.

Il publie des recueils de poésie (*L'effraie et autres poésies*, *L'obscurité*, *La semaison*, *Paysages avec figures absentes*), des ouvrages en prose, des essais, des critiques littéraires. Il est aussi un traducteur reconnu, du grec, de l'allemand, de l'italien. Pour ses grands travaux de traduction, il reçoit le Grand Prix national de traduction en 1987.

Sa poésie se caractérise par son lyrisme, exprimant toutefois avec retenue son émotion face à la beauté de la nature. Il se méfie des images qui distraient le regard, préférant une écriture simple, caractérisée par une recherche d'équilibre et de justesse, et laissant une part de mystère.

Il remporte de nombreux prix littéraires en Suisse, en Allemagne et en France, dont le prix des Écrivains vaudois en 1958, le prix Montaigne en 1972, le prix Friedrich-Hölderlin-Preis en 1997, le Grand Prix national de poésie en 1995, le prix Goncourt de la poésie en 2003. Il est plusieurs fois sélectionné pour le prix Nobel de littérature.

菲利普·雅各泰　1925 年生于瑞士穆东，2021 年逝世于格里尼昂。诗人、翻译家，1950 年入籍法国。

雅各泰 17 岁开始诗歌创作。1946 年，雅各泰被瑞士梅尔蒙出版社派驻巴黎工作，从而结识了法国诗人弗朗西斯·蓬热和伊夫·博纳富瓦等一批富有创造力的作家。随后他定居法国南部的小村庄潜心写作。

他曾出版诗集（《仓鸮和其他诗》《黑暗》《播种期》《具象缺席的风景》）、散文作品、随笔、文学评论。他也是一位公认的希腊语、德语、意大利语的翻译家，凭借其众多翻译作品于 1987 年被授予国家翻译大奖。

他的诗歌以抒情为特点，但在自然之美面前又克制地表达情感。他摈弃浮华，以朴素的语言进行写作，希望通过自我的隐退，展现出事物最本质、清晰的样貌。

雅各泰在瑞士、德国和法国获得了众多文学奖项，包括 1958 年沃州作家奖、1972 年蒙田文学奖、1997 年荷尔德林奖、1995 年国家诗歌大奖，2003 年获得龚古尔诗歌奖。他曾多次获得诺贝尔文学奖提名。

L’effraie

La nuit est une grande cité endormie
où le vent souffle... Il est venu de loin jusqu’à
l’asile de ce lit. C’est la minuit de juin.
Tu dors, on m’a mené sur ces bords infinis,
le vent secoue le noisetier. Vient cet appel
qui se rapproche et se retire, on jurerait
une lueur fuyant à travers bois, ou bien
les ombres qui tournoient, dit-on, dans les enfers.
(Cet appel dans la nuit d’été, combien de choses
j’en pourrais dire, et de tes yeux...) Mais ce n’est que
l’oiseau nommé l’effraie qui nous appelle au fond
de ces bois de banlieue. Et déjà notre odeur
est celle de la pourriture au petit jour,
déjà sous notre peau si chaude perce l’os,
tandis que sombrent les étoiles au coin des rues.

仓鸮

何家炜　译

黑夜是一座入睡的大城
城中风吹……来自远方直到
这张作庇护所的床。这是六月的午夜。
你睡着，我被带到无限的边际，
风摇晃榛子树。传来这声呼唤
靠近而又退却，想必是
一道飞逝的微光穿过树林，或者
暗影盘旋，仿佛地狱之中。
（这夏夜里的呼唤，有多少事物
我能说出，还有你的双眼……）但这只是
叫作仓鸮的鸟，在郊外树林深处
呼唤着我们。而我们的气味
就是大清早腐朽的气味，
已刺穿骨头来到我们这般温热的皮肤下，
正当街角的星星渐渐暗淡。

François Cheng

(程抱一 *Chéng Bàoyī*), né en 1929 à Jinan (Shandong), François Cheng est un écrivain, poète et calligraphe français d'origine chinoise. Il a été naturalisé français en 1971.

Il passe sa petite enfance à Nanchang (Jiangxi), qu'il considère comme son pays natal. Sa scolarité se déroule pendant la guerre. Il arrive en France fin 1948 avec une bourse de l'Unesco où travaille son père. Quand sa famille émigre aux États-Unis en 1950, il fait le choix de la France. Pendant plus de dix ans il mène une vie précaire, mais poursuit assidûment son apprentissage de la langue française et de la culture européenne. À partir de 1960, il travaille à l'École pratique des hautes études et se lie avec de nombreux intellectuels. Plus tard, il enseigne au département de chinois de l'Institut national des langues et civilisations orientales de Paris.

Élu en 2002, il est le premier académicien asiatique de l'Académie française.

La philosophie et l'esthétique taoïstes inspirent ses écrits. Ses travaux se composent de traductions des poètes français en chinois et des poètes chinois en français, d'essais sur la pensée, la poésie et l'esthétique chinoises (*L'écriture poétique chinoise*, *Vide et plein: le langage pictural chinois*), de recueils de poésie (*Et le souffle devient signe*, *Le livre du vide médian*, *À l'orient de tout*, *Quand reviennent les âmes errantes*), de romans et d'un album de ses propres calligraphies.

Il reçoit en 1998 le prix Femina pour son roman *Le dit de Tianyi*, en 2000 le prix Roger-Caillois, et en 2001 le Grand Prix de la francophonie de l'Académie française. Il est qualifié par les médias français de « passeur infatigable entre la Chine et l'Occident ».

程抱一 1929 年出生于山东济南，法国华裔作家、诗人、书法家，于 1971 年入籍法国。

程抱一视江西南昌为故乡，因为他在那里度过了童年。战争期间，他曾在中国各地辗转求学。1948 年他获得联合国教科文组织的奖学金后，前往法国留学。其父曾被派驻法国担任教科文组织代表。他的家人于 1950 年移居美国，但他选择了留在法国。之后的十余年间，他生活清贫，但仍孜孜不倦地学习法语和欧洲文化。从 1960 年起，他在法国高等研究院工作并结识了许多知识分子，之后长期任教于巴黎的法国国立东方语言文化学院，教授汉语并传播中国文化。

2002 年，他当选为法兰西学院院士，是该院首位亚裔院士。

程抱一的著作都受到道家哲学和美学的启发。他翻译法国和中国诗人们的诗作，撰写关于中国思想、诗歌和美学的论文（《中国诗语言研究》《虚与实：论中国绘画语言》）、诗集（《气变成语言》《冲虚之书》《万有之东》《游魂归来时》）、小说以及出版个人书法画册等。

他凭借小说《天一言》于 1998 年获费米娜文学奖，2000 年获罗歇·凯鲁瓦奖，2001 年获法兰西学院法语文学大奖，被法国媒体称为“中国和西方之间永不疲倦的摆渡人”。

Le livre du vide médian

(extraits)

La vallée où ils vivent et meurent
    est pareille à un vieux bol cassé
        où ils ne mangent plus à leur faim

Sur les seuils le soir ils restent muets
    sachant que les paroles sont dites
        et tout désir déjà épuisé

Humblement ils tendent leur vieux bol
    vers les étoiles qui toujours passent
        vers les loriots qui ne reviendront plus

冲虚之书（节选）

朱静　译

他们的穷山谷
　　是一只老破碗，
　　　　从来没给他们吃饱过。

黄昏里，陋屋前，
　　他们默坐，知道
　　　　话说尽了欲望耗尽了。

有时捧起破碗，
　　向过路的星队，
　　　　向一去不回头的雁群。

Le vallon déserté
s'écoute puis s'oublie
dans la fumée d'automne

Une corneille se pose
au bout de la branche fourchue
de l'unique chêne

Son croassement frappe la rocheuse paroi
trop murée dans le silence
pour se faire encore

Écho

空荡山谷
　　自听后忘情于
　　　　秋烟中。

乌鸦暂栖
　　那独棵橡树的
　　　　杈枝尖。

它呱叫声敲在
　　沉默过久了的
　　　　岩壁上，

再无回响。

André Velter

Né en 1945 à Signy-l'Abbaye, André Velter est un poète français.

À partir de 1963, il publie ses premiers poèmes, en commun avec Serge Sautreau (*Aicha*). Il partage ensuite son activité entre les voyages au long cours qui influent de façon décisive sur sa vie et son écriture, et la mise en résonance des poésies du monde entier. Son œuvre et en particulier ses recueils de poésie témoigne de sa rencontre avec les peuples et cultures côtoyés lors de ses voyages.

Il aime la culture chinoise. Il voyage plusieurs fois en Chine et écrit de nombreux poèmes relatifs à ses voyages. Son recueil de poésie en prose *Loin de nos bases* est publié en Chine en 2014. Il y rend hommage à l'œuvre célèbre *Anabase* de Saint-John Perse, lauréat du prix Nobel de littérature en 1960.

Toute son œuvre poétique est vouée au souffle, à la révolte, à l'amour sauvage, à la jubilation physique et mentale. Parmi ses recueils, on peut citer *L'enfer et les fleurs*, *L'arbre-seul*, *Du Gange à Zanzibar*, *Le septième sommet*, *L'amour extrême*. Il reçoit le prix Mallarmé en 1990, le prix Goncourt de la poésie en 1996, et le prix Apollinaire en 2021.

Il produit et anime des émissions radiophoniques sur France Culture et des soirées spectacles au Théâtre du Rond-Point, il écrit des chroniques consacrées à l'Orient dans le journal *Le monde*. Il dirige la collection « Poésie » chez Gallimard et la revue *Caravanes* aux éditions Phébus. Il crée en 1999 avec Jack Lang le Printemps des poètes, l'une des manifestations poétiques les plus influentes en France.

安德烈·维尔泰　1945 年出生于锡尼拉拜，法国诗人。

从 1963 年起，维尔泰与塞尔日·索特罗合作出版了自己的首部诗集（《爱莎》）。长期在外游历，对他的生活和写作产生了至关重要的影响，并使他对世界各地的诗歌形成共鸣。他的作品，特别是诗集，见证了其在旅途中遇到的人和文化。

维尔泰挚爱中国文化，曾多次在中国旅行并写下诸多游记诗。其诗集《远航》于 2014 年在中国出版。这是一部向 1960 年诺贝尔文学奖得主圣 - 琼·佩斯的名作《远征》致敬的散文诗。

他所有的诗歌作品都致力于描写呼吸、反抗、狂野的爱和身心的愉悦，作品包括《地狱与花朵》《独树》《从恒河到桑吉巴尔》《第七个顶峰》和《绝爱》。他于 1990 年获得马拉美诗歌奖，1996 年获得龚古尔诗歌奖，2021 年获得阿波利奈尔奖。

他制作并主持有关法国文化的广播节目以及圆点剧场的晚间节目，还在《世界报》上撰写有关东方文化的专栏。他曾主编伽利玛出版社的“诗歌”丛书和太阳神出版社的《大篷车》杂志。1999 年，他与雅克·朗共同创办了“诗人之春”，这是法国最具影响力的诗歌活动之一。

Le septième sommet

J’ai pour te bâtir un tombeau
des mots du soleil et des rêves,
rien qui appartienne au poids du monde,
rien qui t’impose une mort enchaînée,
rien qui ralentisse ta course plus haut
que tous les sommets.

Tu vois je t’invente
un tombeau sans dorure,
sans marbre ni couronne, je t’élève
moins qu’une stèle perdue dans le désert,
je t’offre un souffle de sable et de vent,
tombeau d’oiseau migrateur,
tombeau de papillon bleu,
tombeau de cerf-volant.

第七个顶峰

徐爽　译

我用阳光和梦的词语
为你筑一座坟茔
没有世事的重荷
没有接踵而至的死亡
不减缓你前进的步伐，跨越
所有顶峰

你看，我为你创作了
一座坟茔，没有镀金装饰
没有大理石也没有花圈，我举起你
高不过迷失在沙漠中的墓碑
我向你吹去风尘的气息
候鸟的坟茔
蓝蝴蝶的坟茔
风筝的坟茔

Au plain-chant de l'univers
tu es le rire de la pure lumière,
la joie sans ombre qui donne
et donne encore présence à l'impossible,
comme ce poisson que tu léguais au ciel
ou ces fleurs qui acceptaient pour toi seule
d'éclore sous la lune.

Alors depuis les ténèbres où je suis,
moi le quasi-mécréant je te crie
que s'il est une autre Jérusalem,
tu es ma femme céleste.

宇宙高歌声中
你是纯净阳光的微笑
你是灿烂明媚的快乐
一次又一次直面绝境
一如你赠送给天空的鱼
一如那些花朵，只为你
在月光下绽放

黑暗地狱里
不信神的我，喊着你：
如果存在另一个耶路撒冷
你就是我天堂里的爱人

Jean-Pierre Siméon

Né en 1950 à Paris, Jean-Pierre Siméon est un poète, romancier, critique et dramaturge français.

Agrégé de lettres modernes, il a longtemps enseigné à l'université de Clermont-Ferrand.

Il est l'auteur de nombreux recueils de poésie (*Fuite de l'immobile*, *Le sentiment du monde*, *Levez-vous du tombeau*, *Une théorie de l'amour*), d'essais (*La poésie sauvera le monde*), de romans, de livres pour la jeunesse. À partir de 1996, il publie de nombreuses pièces de théâtre (*Stabat Mater Furiosa*, *Philoctète*). Il travaille avec Christian Schiaretti et ses comédiens à la Comédie de Reims en tant que « poète associé », puis au Théâtre national populaire de Villeurbanne.

De 2001 à 2016 il est le directeur artistique du Printemps des poètes, l'une des manifestations poétiques les plus influentes de France. Il succède en 2018 à André Velter à la direction de la collection « Poésie » chez Gallimard. Il participe aux comités de rédaction de plusieurs revues, dirige avec Jean-Marie Barnaud la collection « Grands fonds » de Cheyne éditeur.

Son œuvre lui vaut de nombreux prix, notamment le prix Apollinaire en 1994, le prix Max Jacob en 2006, et le Grand Prix de poésie de l'Académie française en 2022 pour l'ensemble de son œuvre.

Il est nommé maître ès jeux de l'Académie des Jeux floraux de Toulouse.

让－皮埃尔·西梅翁 1950年出生于巴黎，法国诗人、小说家、评论家和剧作家。

西梅翁毕业于现代文学专业，曾长期在克莱蒙-费朗大学任教。

他出版了许多诗集（《逃离静止》《世界的感受》《从坟墓里起来》《爱的理论》）、散文集（《诗歌将拯救世界》）、小说和青少年读物。从1996年起，还发表过戏剧集（《弗瑞奥萨圣母颂》《菲罗克忒忒斯》）。他在兰斯剧场与克里斯蒂安·斯基亚雷蒂和演员们一起工作，担任“合作诗人”，后又供职于维勒班的国家人民剧院。

从2001年到2016年，他担任“诗人之春”的艺术总监，这是法国最具影响力的诗歌活动之一。2018年，他接替安德烈·维尔泰担任伽利玛“诗歌”丛书的主编。西梅翁还是多家期刊编委会的成员，并与让-马利·巴诺共同负责雪纳出版社的“伟业诗歌”丛书。

他凭借优秀的作品赢得了众多奖项，包括1994年阿波利奈尔奖、2006年马克斯·雅各布奖，以及2022年法兰西学院诗歌奖。

让-皮埃尔·西梅翁是图卢兹诗歌学院院士。

Lettre à la femme aimée au sujet de la mort (XIV)

Que peut la poésie contre la mort ? Rien
que peut dire la poésie de la mort ? Rien
le trou des cimetières l'avale
et sur la tombe
le poème demeure une croix stupide
rouillée par les vents

mais le poète peut parler
entre le soleil et la mort
il dit :
« nous parlerons aux vivants du vivant
pour partager l'absence et le chagrin
la main posée
sur la poitrine de ceux que nous aimons »

致挚爱的女人关于死亡的信（XIV）

树才　译

面对死亡诗歌能反对什么？ 毫无
关于死亡诗歌能说出什么？ 毫无
墓园的窟窿吞噬了它
而在墓碑上
诗篇成为一个愚蠢的十字架
被风吹得生锈

但诗人能言说
在太阳和死亡之间
他说：
“我们要同活人谈活着
为了分享缺失和悔恨
手搁在
我们爱的那些人的胸口”

il dit encore :

« le cœur éphémère est roi
lui seul est comptable des sept nuits de la douleur
à lui seul joie plénière
nous pouvons comprendre avec un corps d'ardeur
la confusion des herbes au soir
et la netteté du givre au matin
c'est beaucoup

qui si l'amour l'accomplit
ne saura suivre la spirale montante
qui lie la terre au dernier ciel de la conscience ?

toutes les gloires tous les drames
nous les tenons là dans nos mains
la cruauté nous la savons
jusqu'à la racine des cheveux

他还说：
“短暂的心是王
只有他能算出痛苦的七夜
完全的快乐也只属于他
我们凭热烈的身体能明白
那夜间青草的混淆
和早晨白霜的清晰
这已经很多

假如爱情如愿
他难道不知道那上升的螺旋
把大地同意识的最后那片天空融合？

所有的荣耀所有的悲剧
我们都攥在手中
残酷我们知道它
直到头发的根

nous disparaissons déjà
mais laissons la poussière des fables
filer entre nos doigts

tenons le pas sur la terre verte
tenons-nous au travail du galet dans le ressac
soyons simples avec la beauté
aimons-la incomplète et solitaire
comme une ruelle oubliée derrière les ruines

et vivons d'un jour à l'autre
pareils à ces nomades
dont le sel brûlait les pieds
mais qui s'abreuvaient au lait inépuisable
des songes »

我们已经消逝
但让传说的灰尘
在我们的指间结网吧

在青绿的大地上迈开脚步
在激浪中干小小卵石的活儿
愿我们同美在一起是单纯的
愿我们爱那孤独的不完整的美
像一条被遗忘在废墟里的胡同

一天一天地活着
像这些游牧者
盐刺痛他们的脚
但他们渴饮那永不枯竭的
梦想之奶”

Serge Pey

Né en 1950 à Toulouse, Serge Pey est un écrivain, poète et artiste français.

Docteur en philosophie, il enseigne l'écriture créative à l'université de Toulouse. Fondateur de la revue *Émeute* en 1975, suivie de *Tribu* en 1981, il est chef de projet artistique (poésie, performance, art action) au Centre d'initiatives artistiques du Mirail.

Ses poèmes ont un style narratif très personnel et une rythmique originale, et lorsqu'il les récite, c'est une véritable performance, riche d'effets. Créateur de situations, il rédige ses textes sur des bâtons avec lesquels il réalise ses scansions, ses performances et les rituels de ses poèmes d'action. Il publie de très nombreux recueils de poésie, parmi lesquels on peut citer *De la ville et du fleuve*, *Prophéties*, *L'enfant archéologue*, *Flamenco*, *Le trésor de la guerre d'Espagne*, *Mathématique générale de l'infini*.

Il reçoit en 2013 le prix Robert Ganzo de poésie, et en 2017 le Grand Prix de poésie de la Société des gens de lettres (SGDL) et le prix Apollinaire.

Il est nommé maître ès jeux de l'Académie des Jeux floraux de Toulouse.

塞尔日·佩 1950年出生于图卢兹，法国作家、诗人和艺术家。

塞尔日·佩拥有哲学博士学位，在图卢兹大学教授创意写作。1975年创办《骚动》杂志，1981年创办《部落》杂志。他是米莱艺术创新中心的诗歌、表演、行为艺术等艺术项目负责人。

他的诗歌具有非常个人化的叙事风格和独创节奏，当他朗诵时，就是一种真实的表演，富有感召力。作为情境创造者，他将诗句写在棍子上，用棍子进行演示、表演并做有仪式感的动作。他出版了许多诗集，例如《城市与河流》《预言》《儿童考古学家》《弗拉门戈》《西班牙战争的宝藏》《无限的通用数学》等。

2013年，他获得罗伯特·甘佐诗歌奖，并于2017年获得法国国家诗歌大奖和阿波利奈尔奖。

他是图卢兹诗歌学院院士。

Bâton V

Une dernière fois
Un aimant boit une mouche
Nous arrachons
Les rires de nos visages
Que nous lavons
Avec un morceau de terre
Il ne nous reste qu'une ombre de joie
Entre nos mains

Le sourire
Est sous le rire
Et ce qui nous rit n'a pas de mort
Ni de vie
Ni de dessus
Ni de dessous
Le sourire est le pardon en nous
De ce qui nous rit
Plus haut et plus bas que nous

第 5 棍

树才　译

最后一次
一根针吃住一只苍蝇
我们从我们的脸上
扯下笑
我们用一小块土
洗脸
只剩下一个快乐的影子
在我们手中

微笑
在笑的下面
那冲我们笑的
没有死亡
也没有生命
没有上面
也没有下面
微笑是我们在宽恕
那冲我们笑的
比我们更高也更低

Un saint est un homme
Qui pardonne à Dieu
Dit le sage de la montagne

Un homme reste un homme
Quand il ne pardonne pas
À un homme de rester un homme

Le rire et le sourire
Ne se ressemblent pas

一个圣者
就是一个宽恕上帝的人
山上的智者说

一个人就是一个人
当他不肯宽恕一个人
一个人就是一个人

笑和微笑
长得不像

Zéno Bianu

Né en 1950 à Paris, Zéno Bianu est un poète, dramaturge, essayiste et traducteur français.

Il est né d'une mère française et d'un père roumain.

En 1973, il séjourne pour la première fois en Inde. L'Orient laissera une empreinte durable sur son écriture. Après un voyage décisif au Tibet en Chine en 1986, il s'attache à restituer le chant des poétiques extra-européennes : poètes indiens contemporains dans *La parole et la saveur*, poètes classiques chinois dans *La montagne vide*, poèmes d'amour du 6e dalaï-lama dans *L'abeille turquoise*, paroles des Indiens précolombiens dans *El Dorado*.

En 1992, il fonde *Les cahiers de Zanzibar*, avec Alain Borer, Serge Sautreau et André Velter. La même année, il traduit *Le chevalier d'Olmedo* de Lope de Vega, qui sera créé en Avignon.

Il reçoit le Prix international de poésie francophone Yvan Goll en 2003. Il dirige la collection « Poésie » aux éditions Jean-Michel Place. Il reçoit le prix Robert Ganzo pour l'ensemble de son œuvre en 2017.

泽诺·毕阿努 1950 年出生于巴黎，法国诗人、剧作家、散文家和翻译家。

毕阿努的母亲是法国人，父亲是罗马尼亚人。

1973 年，他首次访问印度，东方从此在他的写作中留下持久的印记。1986 年的中国西藏之行决定性地促使他致力于重振欧洲以外的诗学之歌：《语言与风味》中的当代印度诗人、《空山》中的中国古典诗人、《绿松石蜜蜂》中六世达赖喇嘛的情诗，《黄金国》中新大陆未被发现前的印第安诗歌。

1992 年，他与阿兰·波亥、塞尔日·索特罗和安德烈·维尔泰共同出版了诗歌合集《桑吉巴尔笔记》。同年，他翻译了洛佩·德·维加在阿维尼翁创作的剧本《奥尔梅多骑士》。

2003 年，毕阿努荣获伊万·戈尔法语诗歌国际大奖。毕阿努是让·米歇尔广场出版社“诗歌”丛书的负责人。2017 年，他因其所有作品获得罗伯特·甘佐诗歌奖。

Sans lieu

Je suis celui qui pourchasse
le visage des apparences
– Milarépa

Sans lieu
Sans nom
Le géomètre des éclipses
Parcourt l'horizon

Sans lieu
Sans mémoire
Il prend le suaire du ciel
Et l'étend sur le monde

无地点

树才　译

我是那个人
追捕无常脸
——米拉日巴

无地点
无名字
月食的测量员
穿过了地平线

无地点
无记忆
拿起天空的裹尸布
他把它铺在大地上

Sans lieu

Sans boussole

Le visage sillonné d'ombres

Il explore les abîmes d'en-haut

Sans lieu

Sans cesse

Il s'en va caresser la mort

Au-delà des lunes brûlées

无地点
无罗盘
影子的皱纹脸
挖高处的深渊

无地点
无停歇
他去抚摸死亡
在烧焦的月亮那边

Yvon Le Men

Né en 1953 à Tréguier, Yvon Le Men est un poète et écrivain français.

Il publie son premier livre *Vie* en 1974. À Lannion, il crée en 1992 des rencontres intitulées « Il fait un temps de poème » où il invite des poètes du monde entier. De 2006 à 2008, il publie une chronique hebdomadaire dans le journal *Ouest-France* : « Le tour du monde en 80 poèmes ». Il donne des récitals de poésie dans de nombreux pays, dont la Chine. Ses œuvres sont traduites dans une douzaine de langues.

Parmi ses très nombreux recueils de poésie, on peut citer *Le pays derrière le chagrin*, *La patience des pierres*, *L'écho de la lumière*, *Le jardin des tempêtes*, *Sous le plafond des phrases*, *En fin de droits*.

Par ailleurs, depuis de nombreuses années, il travaille dans les écoles avec les enfants, pour lesquels il a écrit *Ouvrez la porte aux loups*, *Douze mois et toi.*

Il reçoit en 2010 le prix de poésie de l'Académie littéraire de Bretagne et des Pays de la Loire pour l'ensemble de son œuvre, en 2012 le prix Théophile Gautier de l'Académie française pour son recueil *À louer chambre vide pour personne seule*, en 2019 le prix Goncourt de la poésie.

François Cheng en fait l'éloge : « De tous les poètes français, Le Men est le plus chinois des poètes. »

伊冯·勒芒　1953年出生于特雷吉耶，法国诗人和作家。

1974年他出版了第一本诗集《生命》，1992年在小城拉尼翁发起了“诗歌的时光”诗歌交流活动，邀请了来自世界各地的诗人。2006年至2008年，他在报纸《法国西部》上发表每周专栏：《80首诗环游世界》。他曾在包括中国在内的许多国家举办过诗歌朗诵会，其作品已被翻译成十几种语言。

勒芒已出版的主要诗集有《悔恨后面的国度》《石头的耐心》《光的回声》《暴风雨的花园》《在句子的天花板下》和《权力的终结》等。

此外，多年来他一直在学校工作，为孩子们写下了《给狼开门》《十二个月份和你》等作品。

2010年，他因其所有作品获得布列塔尼和卢瓦河地区文学院诗歌奖；其作品《出租单人的空房》于2012年获法兰西学院泰奥菲勒·戈蒂耶奖；2019年，他获得了龚古尔诗歌奖。

程抱一曾夸赞他：“在所有法国诗人中，勒芒是最富于中国诗味的。”

Un désir de poème

On dit du vent qu'il chante
Le vent ne chante pas

Que faites-vous de notre désir de poème ?

Ce jour-là
Quand ils s'embrassèrent sous les fils
D'où
À l'automne
S'envolaient les hirondelles

Le vent se mit à chanter

Était-ce le nombre de fils
Six
Comme les cordes d'une guitare

诗的欲望

树才　译

有人说风它唱歌
风不唱歌

你想拿我们诗的欲望做什么？

那一天
当他们在电线下拥吻
从那儿
秋天的燕子
飞起

风开始唱歌

电线的数目？
六根
像一把吉他的弦

Le nombre de promeneur
Deux
Comme les héros du roman

Était-ce leur désir de poème
Qui, comme le vent
Traverse le monde en chantant ?

Au large
Les sept îles

L'une d'entre elles
Porte un nom couvert d'ailes
Et de cris.

散步者的数目？
两个
像小说的主人公

莫非这就是他们诗的欲望
就像风
唱着歌飞越世界？

远处
七座岛

其中一座
它的名字
带着翅膀和叫声

Peinture de CHU Teh-Chun 朱德群画作，*Tendres souvenirs*, 2005

Postface 跋

Sous le ciel étoilé de la poésie est le premier ouvrage publié par l'Académie de poésie Hanlin, qui a soigneusement sélectionné les poèmes qui y figurent. Sa publication est une grande satisfaction pour tous ceux qui ont ardemment contribué à sa conception et à son élaboration. Nous espérons qu'il vous apportera une riche expérience de lecture et sera source de découverte et d'inspiration.

Le nom de l'Académie de poésie Hanlin, en tant que nouvelle institution ayant pour vocation la création et la recherche poétiques, s'inspire de celui de l'Académie Hanlin créée à l'époque de la dynastie Tang. Elle a pour objectif de rassembler les élites littéraires chinoises afin de poursuivre les études et recherches sur les poètes chinois classiques, et de contribuer à la création, la vulgarisation et la recherche dans le domaine de la poésie chinoise moderne. L'Académie de poésie Hanlin souhaite également soutenir les poètes talentueux et la recherche universitaire. Elle participe aussi activement à la promotion des échanges culturels entre la Chine et la France par le biais de la poésie.

Compte tenu du format de cet ouvrage, nous n'avons pas pu inclure un plus grand nombre d'œuvres poétiques remarquables de l'histoire de la poésie. Notre sélection permettra néanmoins d'apprécier le caractère unique de la poésie chinoise et de la poésie française, leur charme, leur richesse et leurs principales caractéristiques aux cours des différentes périodes.

En ce qui concerne les poètes français, nous avons privilégié les poètes représentatifs de leur temps et ayant inspiré les principales évolutions de la poésie française, de la Renaissance à nos jours. La majorité d'entre eux ont été primés par l'Académie française ou par l'Académie des Jeux floraux de Toulouse, et certains sont membres de ces académies. Fondée en 1323, l'Académie des Jeux floraux de Toulouse est la plus ancienne société littéraire du monde occidental encore en exercice aujourd'hui.

Pour les poètes chinois classiques, le choix était immense et nous avons choisi des poèmes illustrant les différents styles et thèmes de la poésie classique chinoise. Plusieurs des poètes sélectionnés étaient des lettrés de renom membres de l'Académie Hanlin. Pour les poètes chinois modernes et contemporains, nous avons choisi ceux qui ont marqué le tournant du passage à l'ère moderne et les poètes contemporains les plus reconnus.

Cette édition bilingue peut aussi servir de référence pour l'enseignement du chinois en France et du français en Chine. Fidèle à sa vocation, l'Académie de poésie Hanlin continuera de promouvoir les œuvres les plus remarquables des poètes chinois et français, anciens et modernes, et s'efforcera de contribuer aux échanges et à la compréhension mutuelle entre les deux pays, en particulier par des traductions et des publications bilingues.

Enfin, nous tenons à remercier tous les poètes et traducteurs qui nous ont autorisés à publier leurs œuvres et leurs traductions, les lettrés et les universitaires qui ont minutieusement révisé les manuscrits, ainsi que les amis qui ont activement soutenu la publication et la promotion de cette anthologie. Les efforts conjoints et le dévouement désintéressé de tous les contributeurs, chinois et français, ont permis à cet ouvrage de voir le jour, cadeau précieux qui témoigne de l'amitié entre la Chine et la France.

Les vers de nos grands poètes traversent le temps et l'espace et parsèment éternellement le ciel étoilé de la création artistique humaine.

Le comité éditorial

18 février 2024

Copyrights

Droits des auteurs français

版权

法国作者版权

HE Jiawei : *Ma bohème* (Arthur Rimbaud), *Emportez-moi* (Henri Michaux), *Qu'il vive !* (René Char), *L'effraie* (Philippe Jaccottet).

HU Xiaoyue : *Je vis, je meurs ; je me brûle et me noie* (Louise Labé).

LIANG Zongdai : *Il pleure dans mon cœur* (Paul Verlaine), *Narcisse parle* (Paul Valéry).

QIAN Chunqi : *Moesta et errabunda* (Charles Baudelaire).

SHU Cai : *Quand vous serez bien vieille* (Pierre de Ronsard), *Mon âme, il faut partir...* (François Maynard), *Le Chêne et le Roseau* (Jean de La Fontaine), *À Madame Du Châtelet* (Voltaire), *La mort des oiseaux* (François Coppée), *Un poète* (Yves Bonnefoy), *Lettre à la femme aimée au sujet de la mort (XIV)* (Jean-Pierre Siméon), *Bâton V* (Serge Pey), *Sans lieu* (Zéno Bianu), *Un désir de poème* (Yvon Le Men).

XU Shuang : *Le septième sommet* (André Velter).

XU Zhimian : *Le porche du mystère de la deuxième vertu* (extraits, Charles Péguy), *Les yeux d'Elsa* (Louis Aragon).

YE Rulian : *Neiges* (extrait, Saint-John Perse).

YU Zhongxian : *Le pont Mirabeau* (Guillaume Apollinaire), *Les Muses* (extrait, Paul Claudel).

ZHANG Ruling : *Nuit de printemps* (François-René de Chateaubriand), *Le lac* (Alphonse de Lamartine), *Demain, dès l'aube* (Victor Hugo), *Le temps des cerises* (Jean-Baptiste Clément).

ZHU Jing : *Le livre du vide médian* (extraits, François Cheng).

CHE Jinshan et Qin Haiying : *Sans marque de règne* (Victor Segalen).

CHU Teh-Chun : détails d'œuvres picturales © Chu Teh-Chun/ADADG, Paris – SACK, Séoul, 2024

Lithographie de Paul ANDREU

穿越诗歌的星空

60位中法诗人双语诗选

高峰 张如凌 主编

南京师范大学出版社

图书在版编目（CIP）数据

穿越诗歌的星空：60位中法诗人双语诗选 / 高峰，张如凌主编. -- 南京：南京师范大学出版社，2024.5

ISBN 978-7-5651-6317-3

Ⅰ. ①穿… Ⅱ. ①高… ②张… Ⅲ. ①诗集－中国 ②诗集－法国 Ⅳ. ①I12

中国国家版本馆CIP数据核字（2024）第098105号

书　　名 穿越诗歌的星空：60位中法诗人双语诗选

主　　编 高　峰　张如凌

策划编辑 张　春

责任编辑 魏　艳

装帧设计 朱赢椿　罗　薇

出版发行 南京师范大学出版社

地　　址 江苏省南京市后宰门西村9号（邮编：210016）

电　　话（025）83598919（总编办）

83598319（营销部）

83598332（读者服务部）

网　　址 http://press.njnu.edu.cn

电子信箱 nspzbb@njnu.edu.cn

印　　刷 上海雅昌艺术印刷有限公司

开　　本 718毫米×1000毫米　1/16

印　　张 27.25

字　　数 406千

版　　次 2024年5月第1版

印　　次 2024年5月第1次印刷

书　　号 ISBN 978-7-5651-6317-3

定　　价 128.00元

出 版 人 张　鹏

ISBN 978-7-5651-6317-3

À l'Académie française

Publié par l'Académie de poésie Hanlin

à l'occasion

du 60e anniversaire des relations diplomatiques entre

la République française et la République populaire de Chine

et

du 7e centenaire des Jeux floraux de Toulouse

致法兰西学院

值此中法建交60周年

暨图卢兹诗歌学院创建700周年之际

翰林诗歌院

谨出版本诗集以资纪念

鸣谢

Remerciements

编辑委员会

Comité éditorial

高峰 GAO Feng

让 - 皮埃尔·西梅翁 SIMÉON Jean-Pierre

赵丽宏 ZHAO Lihong

丹尼尔·龙多 RONDEAU Daniel

何言宏 HE Yanhong

魏明德 VERMANDER Benoît

张如凌 ZHANG Ruling

白乐桑 BELLASSEN Joël

为诗集出版做出贡献的人员

Autres soutiens et contributions

白玉堂 LORTHOLARY Bertrand, ambassadeur de France en Chine

卢沙野 LU Shaye, ambassadeur de Chine en France

毛磊 MOREL Pierre

易杰 IDIER Nicolas

裴国良 PILLEREL Nicolas

严振全 YAN Zhenquan

勒内·拉波达里埃 LAPORTALIÈRE René de

白潇客 BLEIN Jacques

潘百齐 PAN Baiqi

陈昕 CHEN Xin

张鹏 ZHANG Peng

张云兰 ZHANG Yunlan

序言

《穿越诗歌的星空》这本中法诗人双语诗选是我们的『远亲』翰林诗歌院，这个旨在传承千百年历史文化的机构，积极推动并结出的硕果。一千多年来，相隔万里的人们用自己的语言创作诗歌，这些语言之间的差异，就如同国与国之间的距离那样遥远。然而，即使他们素未谋面，甚至诗人们在今天也并非互相熟识，但诗歌作为语言的结晶，总是推陈出新，拉近彼此。任何阅读此诗选的人都会惊喜地发现，这种距离感的缩减不仅体现在同一种语言的诗歌之间，例如让-皮埃尔·西梅翁（Jean-Pierre Siméon）《致挚爱的女人关于死亡的信》和维克多·雨果（Victor Hugo）的《明天，黎明》，也体现在中文和法文的诗歌之间。因此，艾青的《手推车》也可轻易地和弗朗西斯·蓬热（Francis Ponge）《采取事物的立场》一书中的诗歌《板条箱》平分秋色。如果文字驾驭着空间，那么它们也驾驭着时间，这就是为什么王维的《山居秋暝》或杜牧的《江南春绝句》中所描绘的

风景，能让人联想到一千年后拉马丁的《湖》。也正因如此，在戴望舒的《雨巷》中，我们可以读出魏尔伦《泪流在我心里》那温柔的忧郁。

为了穿梭于这些文字诗篇间，为了领略中国诗歌的意境，二十多年来法兰西学院很幸运地拥有一位最出色的向导。程抱一（François Cheng）以他的工作、他的名字和姓氏，成为两种文学、两种文化间互通的桥梁。弗朗索瓦，和他所推崇的亚西西的赤贫修道士一样，用诗歌表达感恩，并因追随圣徒而取此法文译名。此外，弗朗索瓦这个词在成为人名之前，是『法语』一词的旧形式。在小说《人的境遇》中第一个出场人物姓『陈』，与『程』发音相近。该作者不正是二十世纪中法之间一位非凡的摆渡人吗？我之所以愉快地想起马尔罗（Malraux）的这本著作，是因为此诗集的六十首诗也向我们讲述着人类的境遇，时而迂回，时而陡峭。重新回到我们的同事程抱一，他将中国诗人的作品翻译成

法文，将法国诗人的作品翻译成中文，显然也是一个摆渡人。这是一项必不可少的工作，它使我们能有幸阅读用陌生的、我们所不懂的语言写就的作品。这就是为什么我想在此感谢他们，因为如果没有他们的贡献，我们就无法领略这些作品的魅力。就像尚德兰（Chantal Chen-Andro）翻译的舒婷的《致橡树》中说到的：『我们都互相致意／但没有人／听懂我们的言语』。

感恩你们，翻译家们，因有你们，我们才能理解那些陌生的篇章，才能进入未知的领域。在那里，除了遇到不熟悉的诗歌形式，我们很高兴重新认识自我，在一个不同的世界中、在另一种语言的诗歌中找到自己的方位。难道不正是诗歌，通过文字唤起力量，通过独特的诗韵传递力量，让人着迷吗？正如我们所知，古法语中『charme』（魅力）一词源自拉丁语的『carmen』，其最初的形式是『canmen』，意为『吟诵的诗歌』。诗歌是来自『忧伤与漂泊』的旅程的邀请。无论谁读

了这本选集，都会感到人类的一切对他来说绝不陌生。在一首又一首的诗歌中他找到自己的同胞，他们说着相同或不同的语言，经历着同样的欢乐、同样的悲伤、同样的感受。

《穿越诗歌的星空》犹如奇迹的源泉，阅览这本选集激发了我们的欲求，唤醒了读者继续探索两种语言中新的诗歌和诗人的愿望。对诗歌的渴望证明了慷慨付出的成功。谨再次向所有为之辛勤工作的人们致以我们衷心的感谢。

阿明·马卢夫 法兰西学院终身秘书长

张如凌 译

前言

诗歌跨越了国与国之间语言的障碍，成为世界的『通用语言』，人们用诗歌探求命运和生命的共同奥秘。这一通用语言是必不可少且不可分割的纽带，它跨越时间和空间，联系起了所有人类。在一切文明中，诗歌都生动简洁地传递着作者丰富的情感和精神世界。它捕捉灵魂的颤动，书写人类深刻的思想和真切的感受，以及对待世事变迁的态度和对自我理想的坚持，并为读者和听众带来丰厚的精神、感官和艺术的享受。

中国和法国都是诗歌大国，有着悠久的诗歌传统，也自豪地拥有着世界上最伟大的诗人们和流芳百世的杰作，它们是永远铭刻于世人记忆中的瑰宝。

在中国，诗歌自古以来就是主要的文化形式，也是文人雅士和朝臣将相被选拔和擢升的重要方式。诗歌用高度凝练的语言，描绘征战沙场的雄心和悲凉、贬谪流放的痛苦、幸福的爱情和内心的感伤等。同时，它还承载着

哲学思想或反映着当时的政治背景，通过吟诵，可以影响到社会的各个阶层。唐诗宋词代表着中国古典文学的最高成就，包括了王维、李白、杜甫、苏轼和李清照等在内的无数杰出诗人的作品。他们的诗词格律精巧、情景交融，借用山水等自然元素表达了诗人自身的情感和思想。

诗歌也是法国文化中最重要的艺术形式之一。自歌颂爱与自然的吟游诗人开始，法语诗歌在形式上不断革新，历经了文艺复兴、古典主义、浪漫主义、象征主义等多个重要时期，涌现出皮埃尔·德·龙沙、让·德·拉封丹、维克多·雨果、夏尔·波德莱尔等伟大的经典诗人。从最初的抒情和简单的节奏，到古典和规范的格律，继而又增添了敏感性、音乐性以及对词汇和文字图形的大胆运用，法国诗歌呈现出主题的多样性和对韵律的一贯偏爱。在近代，法国诗人打破韵律和格律限制，不断地在诗歌的理论领域进行探索，开辟了诗歌现代性的新道路。

中国和法国，是两个伟大的文明国度，虽然相隔万里，却又心意相通，文化的交流历史悠久。伴随着丝绸、茶叶、瓷器和钟表等的贸易往来，两国开始了文明的互鉴。诗歌作为陶冶性灵、追求真善美的绝佳载体，搭建起了中法两国人民心灵互通、情感共契、艺术相联的桥梁。

李白、杜甫等中国古典诗人的作品首次译介到法国后，激发了法国诗人对于东方文化的好奇和钦佩，并对此赋予了既梦幻又神秘的想象。一些法国诗人深受中国文化的影响。法国外交家保罗·克洛岱尔曾经长期任职于中国，创作了散文诗集《认识东方》，深入探究中国的风土人情。考古学家维克多·谢阁兰多次考察中国古代遗迹，撰写了著名的《伟大的中国雕像》，他的作品为他赢得了“法国的中国诗人”的美称。不少中国诗人移居法国，致力于中法文学的译介与交流，被誉为“中国和西方之间永不疲倦的摆渡人”的程抱一就是最著名的实例。

二十世纪以来，法国一直是世界文学创新发展的重要策源地，名家辈出，流派纷呈。它对于中国现当代文学的发展有着深远的影响，先驱李金发、戴望舒等人，早年都曾留学法国，深受波德莱尔和魏尔伦等人的影响，进而对二十世纪八十年代『朦胧诗』的兴起产生了至关重要的作用。如今，当代中法诗坛的互动交流日益频繁，双方的合作硕果累累。

值此中法建交六十周年之际，翰林诗歌院精选两国古典与现当代诗作共六十篇，借助晶莹如玉的诗歌之光，烛照中法两国文化合作发展的美好前程。

让我们沉浸于沿途馥郁的芬芳，共同漫步在『诗歌的星空』下。

高　峰　翰林诗歌院中方院长

张如凌　翰林诗歌院法方院长

目录

Poésie chinoise

中国古典诗歌

Poésie chinoise classique

中国 | 现当代 | 诗歌

Poésie chinoise moderne et contemporaine

中国古典诗歌

Poésie
chinoise
classique

（宋）王希孟《千里江山图》局部 *Mille lis de rivières et montagnes* Peinture de WANG Ximeng (dynastie Song)

王维

生于701年，祖籍太原祁县（今属山西晋中市），761年卒于长安（今西安），唐代诗人、画家、音乐家。

二十一岁考中进士，但仕途不顺。安禄山攻陷长安时，被囚并被迫受伪职。长安收复后，王维被责授太子中允，后受重用，屡次升迁至尚书右丞。

王维深受禅宗思想影响，热爱自然。这使得其诗歌既有明丽的色彩，又有深长隽永的情味；既包含着哲理，又富于艺术创造性，做到了诗情、画意的和谐统一。宋代诗人苏轼曾评价说："味摩诘之诗，诗中有画；观摩诘之画，画中有诗。"

Wang Wei né en 701 dans le comté de Qi, Taiyuan (aujourd'hui Jinzhong, Shanxi), mort en 761 à Chang'an (aujourd'hui Xi'an, Shaanxi), est un poète, peintre et musicien de la dynastie Tang.

Il réussit aux examens impériaux du « doctorat » (*jinshi*) à l'âge de 21 ans, mais ensuite sa carrière officielle ne se déroule pas sans heurts. Durant la rébellion d'An Lushan, il est fait prisonnier par les rebelles. Après le rétablissement du pouvoir impérial, il poursuit sa carrière et la termine en tant que ministre de haut rang au département des affaires d'État.

Il est proche du bouddhisme *chan* (Zen) et amoureux de la nature. Cela se manifeste par le calme et le détachement qui imprègnent sa poésie. On remarque l'œil du peintre dans sa poésie par l'intérêt porté aux couleurs et aux distances. Cette double activité est à l'origine de l'idée essentielle de la création artistique en Chine selon laquelle la poésie s'identifie à la peinture et inversement. Su Shi (Su Dongpo), grand poète de la dynastie Song, formule cette idée à propos de Wang Wei : « Quand je savoure un poème de Wang Wei, j'y trouve une peinture ; quand je contemple une peinture de Wang Wei, j'y trouve un poème. »

山居秋暝

空山新雨后，天气晚来秋。
明月松间照，清泉石上流。
竹喧归浣女，莲动下渔舟。
随意春芳歇，王孙自可留。

Soir d'automne en montagne

(Traduit du chinois par Zhang Ruling)

Après la pluie nouvelle sur la montagne déserte,
L'air du soir est empreint d'une fraîcheur d'automne.
Les rayons de lune brillent entre les pins ;
Une source limpide rebondit sur la roche.
Les rires des lavandières bruissent à travers les bambous ;
Les barques de pêcheurs frôlent les lotus.
Le parfum du printemps s'évanouit ;
Moi seul ai qualité à m'établir ici.

李白

字太白，生于701年，卒于762年，与杜甫齐名，唐代著名诗人。

出生于中亚碎叶城（今吉尔吉斯斯坦托克马克城）。五岁时随家人迁居绵州昌隆县（今四川江油）青莲乡。他仗剑任侠，访道学仙。727年，与前宰相许圉师之孙女成婚，遂家于安陆。他供奉翰林两年后就因得罪权贵，被玄宗"赐金放还"。之后在洛阳遇到了唐代另一位伟大诗人杜甫，建立了深厚的友情。756年，他隐居庐山脚下。

安史之乱时，永王李璘谋乱兵败，李白因被召至幕中而受牵连入狱，流放夜郎（今贵州桐梓），途中遇赦而还。762年病卒于当涂（今属安徽）。也有民间传说是他江上醉酒，探身捕月时溺水身亡。

李白是中国古代最伟大的浪漫主义诗人。他的诗歌风格豪放飘逸、主观抒情色彩浓烈且受道家思想的影响，在生活真实的基础上大胆地想象夸张，诗歌内容涵盖山川自然、纵酒抒情、思亲怀乡以及对女性形象的刻画等。

Li Bai né en 701, mort en 762, est avec Du Fu le plus célèbre poète de la dynastie Tang, aussi connu sous les noms de Li Po ou Li Taibai.

Sans doute né en Asie centrale, il serait venu au Sichuan avec son père, à l'âge de 5 ans. Disciple d'un ermite, il découvre le taoïsme. En 727, il épouse la petite-fille d'un ancien Premier ministre et mène une vie rangée pendant une dizaine d'années. Il obtient un poste à l'Académie Hanlin, qu'il perd deux ans après, probablement pour avoir offensé les puissants. Il reprend alors la route et rencontre Du Fu, l'un des autres grands poètes de la période Tang. En 756 il vit en ermite taoïste au pied des monts Lushan.

Lors de la révolte d'An Lushan, le prince Yong, fils de l'empereur, entre en rébellion. Il fait de Li Bai un poète de cour, ce qui vaut à ce dernier, après la défaite de Yong, un séjour en prison. Condamné à l'exil au Yelang, il est amnistié avant d'avoir atteint sa destination. Selon la légende, il se serait noyé, ivre, en se penchant d'un bateau pour saisir le reflet de la lune.

Li Bai est le plus grand poète romantique de la Chine ancienne. Son style poétique est audacieux et élégant et sa poésie se caractérise par sa spontanéité et l'influence du taoïsme, mêlant rêve et réalité. Parmi les thèmes abordés figurent la nature sauvage, l'alcool, la nostalgie et les femmes.

宣州谢朓楼饯别校书叔云

弃我去者，昨日之日不可留；
乱我心者，今日之日多烦忧。
长风万里送秋雁，对此可以酣高楼。
蓬莱文章建安骨，中间小谢又清发。
俱怀逸兴壮思飞，欲上青天览明月。
抽刀断水水更流，举杯销愁愁更愁。
人生在世不称意，明朝散发弄扁舟。

Banquet d'adieu au pavillon Xie Tiao en l'honneur de mon oncle le réviseur Yun

(Traduit du chinois par Zhang Ruling)

Le jour d'hier qui m'abandonne, je ne saurais le retenir ;
Le jour présent me tourmente, je suis anxieux.
Sur dix mille lis, le vent escorte les oies sauvages ;
Que faire sinon nous enivrer dans le pavillon là-haut !
Vos écrits rappellent le style puissant de Jian'an sous les Han ;
Je repense au chant pur de Xie Tiao, à la fraîcheur de ses vers.
L'inspiration nous vient, les images s'envolent ;
Nous aimerions monter au firmament pour attraper la lune.
Si je tire mon épée pour trancher le ruisseau, l'eau coulera encore plus vite ;
Si je lève ma coupe pour oublier mon chagrin, il n'en sera que plus lourd.
Rien dans notre vie ici-bas qui ne réponde à nos attentes ;
Demain dès l'aube, cheveux au vent, je m'en irai sur une barque légère.

崔颢

生于 704 年，汴州（今河南开封）人，卒于 754 年，唐代诗人。

出身唐代门阀士族。开元十一年（723）进士。尝游江南，后入河东军幕。但宦海浮沉，始终不得志。年轻时风流狂傲，“晚节忽变常体，风骨凛然”。

崔颢早年诗多写闺情，风格浮艳；后来从军出塞，写下了一些激昂奔放的边塞诗。其诗《黄鹤楼》深受李白赞赏。

010

011 **Cui Hao** né vers 704 à Bianzhou (aujourd'hui Kaifeng, Henan), mort en 754, est un poète de la dynastie Tang.

Issu d'une famille noble, il réussit aux examens impériaux du « doctorat » (*jinshi*) en 723. Il mène d'abord une vie conventionnelle, occupant des postes militaires. Dans ses dernières années, il devient un poète patriote, au style vigoureux et héroïque.

Ses principaux sujets de prédilection sont l'amour, les femmes, les postes-frontières et les paysages. Son poème *Le pavillon de la grue jaune* est très apprécié par Li Bai.

黄鹤楼

昔人已乘黄鹤去，此地空余黄鹤楼。
黄鹤一去不复返，白云千载空悠悠。
晴川历历汉阳树，芳草萋萋鹦鹉洲。
日暮乡关何处是？烟波江上使人愁。

Le pavillon de la grue jaune

(Traduit du chinois par Zhang Ruling)

Chevauchant la grue jaune, la fée légendaire est repartie ;
Ne reste ici que l'antique pavillon, vide.
La grue jaune a disparu et ne reviendra plus ;
Depuis mille ans les nuages blancs flottent dans le lointain.
Sur la rivière ensoleillée pointent les arbres de Hanyang ;
Sur l'île aux Perroquets foisonnent des herbes parfumées.
Au loin le crépuscule. Où est donc mon pays natal ?
Des vagues brumeuses du fleuve émane tant de mélancolie.

杜甫

字子美，712 年生于河南巩县，770 年病逝，与李白并列为唐代著名诗人，世称“李杜”。

其祖父杜审言也是唐代诗人。杜甫青年时代曾漫游齐赵、吴越，应试不第。

因献诗“三大礼赋”，得唐玄宗赏识，命待制集贤院。“安史之乱”爆发后，他被乱军俘获，困于长安。后脱身投奔肃宗，获授左拾遗，故世称“杜拾遗”。但不久又因上疏谏诤而触怒肃宗，被贬到华州（今华县）。之后他弃官，漂泊于四川各处，曾在剑南节度使处任职检校工部员外郎。在蜀期间，他目睹战乱带给百姓的巨大灾难，写下多首不朽诗篇。770 年冬，潦倒病死于湘水扁舟中。

杜甫有着不同于李白的现实主义诗风，体现出儒家知识分子大济苍生的远大抱负和忧国忧民的执着情怀，被称为“诗圣”。

014

015 **Du Fu** né en 712 dans le comté de Gong (Henan), mort en 770, est avec Li Bai le plus célèbre poète de la dynastie Tang.

Son grand-père était un poète. À 19 ans, il parcourt les provinces du Jiangsu, du Zhejiang, du Shandong, du Hebei. Il échoue ensuite aux examens impériaux et ne réussit pas dans un premier temps à obtenir un poste dans l'administration impériale.

En raison de son poème *Trois grands rituels*, il est apprécié par l'empereur Xuanzong et reçoit l'ordre de rejoindre l'Académie Jixian. Il est capturé par les rebelles d'An Lushan qui ont pris la capitale Chang'an. Il s'échappe et rejoint l'empereur Suzong, auprès de qui il reçoit le titre de « chancelier correcteur des oublis de l'empereur », d'où le surnom de Du Shiyi qui lui est attribué par la suite. Les rebelles vaincus, Du Fu occupe à la cour le poste de censeur. Mais il est ensuite nommé à un poste subalterne et lointain pour avoir fait des suggestions qui ont irrité l'empereur. Il démissionne et se rend au Sichuan où il devient le secrétaire du gouverneur. Il est témoin là-bas des désastres que la guerre a provoqué au sein de la population, ce qui lui inspire de nombreux poèmes devenus célèbres. Au cours de l'hiver 770, il tombe malade et meurt dans un bateau sur la rivière Xiang.

Du Fu a un style poétique plus réaliste que celui de Li Bai. Sa poésie reflète la noble ambition des intellectuels confucéens de se préoccuper du peuple, et ses sentiments persistants d'inquiétude pour le pays lui valent d'être célébré comme « le plus sage des poètes ».

登高

风急天高猿啸哀，渚清沙白鸟飞回。
无边落木萧萧下，不尽长江滚滚来。
万里悲秋常作客，百年多病独登台。
艰难苦恨繁霜鬓，潦倒新停浊酒杯。

L'ascension

(Traduit du chinois par Zhang Ruling)

Par un vent violent, sous un ciel haut, les singes hurlent leur tristesse ;
Au-dessus du sable clair d'un îlot, les oiseaux tournoient.
À perte de vue, les feuilles tombent dans la bise qui siffle ;
Les flots du fleuve Yangzi déferlent, sans répit.
À dix mille lis des miens, l'automne me rend triste, l'exil me semble éternel ;
Souvent malade au cours de mon existence ; je monte seul à ce pavillon.
J'ai plus de soucis et de tourments que de cheveux sur mes tempes blanchies ;
Ruiné, bon à rien, j'ai même renoncé aux coupes de vin trouble.

柳宗元

生于773年，卒于819年，唐代诗人、哲学家、散文家。

祖籍河东（今山西永济），世称“柳河东”。贞元九年（793）进士。后登博学宏词科，调蓝田尉，迁监察御史里行。顺宗即位后，擢为礼部员外郎，积极参加王叔文等人领导的政治革新活动。革新失败后，他被贬为邵州刺史，道中再贬为永州司马。在永州十年期间，他写下了最重要的诗作。之后他又被召赴京师，出为柳州刺史，于819年卒于任所，世称“柳柳州”。

柳宗元为唐代古文大家，与韩愈共同倡导古文运动。他的散文和诗歌既有借景物寄寓遭遇和怨愤，也有幽静心境的描写，表现他在极度苦闷中转而追求精神的寄托。他还写了许多寓言，文笔尖锐，幽默讽刺。他的山水游记最为脍炙人口。

Liu Zongyuan né en 773, mort en 819, est un poète, philosophe et essayiste de la dynastie Tang.

Originaire de la région de Hedong (actuel Shanxi), il réussit aux examens impériaux du « doctorat » (*jinshi*) dès l'âge de 20 ans et exerce entre autres la fonction de gouverneur en province. Sous le règne de l'empereur Shunzong, il est nommé ministre des Rites au sein d'un gouvernement réformiste. Après la mort de Shunzong, le nouvel empereur, Xianzong, met fin aux réformes. Liu est envoyé en exil où il rédige ses œuvres les plus marquantes. De retour à la capitale, il est envoyé à Liuzhou, où il meurt en 819.

Il est avec Han Yu le promoteur d'un retour à une écriture dans une prose concise, la « prose antique » (*guwen*). Ses essais et sa poésie sont empreints de pessimisme et de mélancolie, exprimant les chagrins et les griefs du pays. Au travers de ses œuvres, nous découvrons un être très déprimé, à la recherche d'une vie spirituelle paisible et sereine. Il écrit aussi de nombreuses fables au style très tranchant, voire satirique. Il inaugure également le genre du récit de voyage, dont les descriptions de paysages sont très populaires.

江雪

千山鸟飞绝，
万径人踪灭。
孤舟蓑笠翁，
独钓寒江雪。

Neige sur le fleuve

(Traduit du chinois par Zhang Ruling)

De tous les monts, les oiseaux se sont envolés ;
De chaque sentier, la trace humaine s'est effacée.
Une barque solitaire : en manteau de paille et chapeau de bambou,
Un vieillard pêche, seul, dans la froideur du fleuve enneigé.

杜牧

生于 803 年，卒于 852 年左右，京兆万年（今陕西西安）人，晚唐著名诗人。

时人将他与李商隐比照李白、杜甫的诗坛地位，并称为“小李杜”。

杜牧出身官宦，历任多职，官居显赫。其祖父杜佑曾任宰相，还是一名历史学家。828 年他进士及第，始涉政坛。然而，他为人贤良方正且不拘小节，故不为当权者所喜。

835 年，他被朝廷征为监察御史，赴长安任职，分司东都洛阳。848 年，他再次入京为官，之后多次请求外放湖州刺史，终获准。

杜牧的诗歌既有忧国忧民的俊爽豪放，又有旖旎动人的清新婉转，文章直抒胸臆、自成一色。他的一些七言绝句在日本很受推崇，被广泛吟诵。

Du Mu né en 803, mort vers 852, originaire de la région de Jingzhao Wannian (aujourd'hui Xi'an, Shaanxi), est un poète majeur de la fin de la dynatie Tang.

Les gens à l'époque lui accordent le même statut élevé que Li Shangyin, et les nomment collectivement « les petits Li Du », par référence à Li Bai et Du Fu qui sont surnommés « Li Du ».

Il appartient à une famille mandarinale ayant occupé de hautes fonctions. Il est le petit-fils de Du You, Premier ministre et historien. Il réussit aux examens impériaux du « doctorat » (*jinshi*) en 828 et s'engage en politique. Sa nature intègre et son intérêt pour les infortunés sont toutefois difficilement conciliables avec sa carrière.

En 835, il est nommé censeur dans la capitale Chang'an, mais face à la situation de crise qui règne à la cour, il préfère demander une mutation pour Luoyang. Il obtient de nouveau un poste à Chang'an en 848, mais dès l'année suivante repart en province.

Poète lyrique, il utilise toutes les formes poétiques. Certains poèmes de Du Mu sont chaleureux et audacieux, reflétant son souci pour le pays et le peuple, tandis que d'autres sont frais et lumineux. Il parle avec son cœur et privilégie le fond à la forme, contrairement à une certaine mode de son temps. Certains de ses quatrains à sept caractères (*qijue*) sont utilisés dans la poésie chantée japonaise *shigin*.

江南春绝句

千里莺啼绿映红，
水村山郭酒旗风。
南朝四百八十寺，
多少楼台烟雨中。

Printemps au sud du Fleuve

(Traduit du chinois par Zhang Ruling)

Sur mille lis, le chant des loriots, le vert pays émaillé de rouge ;
Hameaux au bord de l'eau au pied des remparts, bannières des tavernes.
Quatre cent quatre-vingts monastères des dynasties du Sud,
Leurs pavillons et leurs pagodes noyés dans la bruine.

李商隐

生于 813 年左右，卒于 858 年，怀州河内（今河南沁阳）人，晚唐诗人。

李商隐初时推崇李贺的诗体，仿效写就了许多爱情诗篇。但经历黑暗政局之后，他的思想和创作都发生了转变，写下了不少批判黑暗现实的政治诗。837 年登进士第。由于陷入“牛李党争”的旋涡，一生仕途坎坷，并为此郁郁不得志，858 年因病退职，在还乡途中去世。

李商隐的诗歌寓意深刻、形象鲜明，有着浓郁的抒情色彩。他写了很多忧国讽时、感慨身世的咏史诗，而其无题诗则辞藻精丽，情思婉转，尤为人激赏。

026

027 **Li Shangyin** né vers 813, mort en 858, originaire de la région de Huaizhou Henei (aujourd'hui Qinyang, Henan), est un poète chinois de la fin de la dynastie Tang.

Il est dans un premier temps un admirateur de Li He, dont il imite le style en écrivant de nombreux poèmes d'amour. Vivant dans une période tourmentée, sa pensée et son style évoluent et il écrit de nombreux poèmes à visée politique, critiquant la sombre réalité. Il réussit aux examens impériaux du « doctorat » (*jinshi*) en 837. Il poursuit sa carrière officielle avec des hauts et des bas, en fonction de l'influence des factions en faveur à la cour impériale. Malade, il décide en 858 de se retirer dans sa ville natale, mais meurt sur le chemin du retour.

Sa poésie se caractérise par sa profondeur, des images vives et un lyrisme très coloré. Il écrit de nombreux poèmes épiques, souvent satiriques, reflétant ses inquiétudes sur son pays et ses lamentations sur sa propre vie. Ses poèmes « sans titre » sont particulièrement appréciés pour leur prosodie très harmonieuse et les profondes émotions qui en émanent.

无题

相见时难别亦难，东风无力百花残。
春蚕到死丝方尽，蜡炬成灰泪始干。
晓镜但愁云鬓改，夜吟应觉月光寒。
蓬山此去无多路，青鸟殷勤为探看。

Sans titre

(Traduit du chinois par Zhang Ruling)

Se revoir est difficile, se quitter tout autant !
Le vent d'est a faibli, les cent fleurs sont fanées.
Le ver à soie du printemps a déroulé son fil jusqu'à sa mort ;
La bougie a laissé couler ses larmes jusqu'à être réduite en cendres.
À l'aube le miroir s'attriste sur sa chevelure qui blanchit ;
Une voix chante dans la nuit, elle sent le froid du clair de lune.
D'ici au mont des Immortels, la route n'est pas longue ;
Diligent Oiseau Bleu, va prendre de ses nouvelles !

韦庄

生于 836 年左右，卒于 910 年，长安杜陵（今陕西西安）人，唐末诗人。

894 年，韦庄进士及第。他经历了唐朝末年的动荡，后在前蜀政权（今四川地区）官居高位。

他的诗歌反映了晚唐动荡的社会面貌，诗风凄婉哀怨，真切感人。他也是一位优秀的词人，是“花间词派”的开创人物之一，词作善用白描手法，清丽婉转。

其代表作《秦妇吟》全篇 238 行，是中国诗歌作品中现存最长且具有代表性的叙事诗之一。此诗受白居易《长恨歌》的启发，描述了唐末战乱时都城沦陷、百姓流离失所的社会现实。

Wei Zhuang né vers 836, mort en 910, originaire de Chang'an (aujourd'hui Xi'an, Shaanxi), est un poète et parolier de la fin de la dynastie Tang.

Il réussit aux examens impériaux du « doctorat » (*jinshi*) en 894. Il vit les troubles de la dynastie finissante. Il se met alors au service de l'État de Shu antérieur (actuel Sichuan).

Sa poésie reflète le paysage turbulent de la fin de la dynastie Tang. Son style est triste et mélancolique, ses œuvres souvent très émouvantes. Il est l'un des premiers, et l'un des meilleurs, auteurs paroliers de la poésie chantée *ci*. Ses *ci* se caractérisent par leur concision, leur clarté et leur élégance.

Son œuvre maîtresse est cependant un poème classique (*shi*), les *Lamentations de la dame de Qin*, dont les 238 vers en font l'un des plus longs poèmes de la poésie chinoise, très représentatif de la poésie narrative chinoise ancienne. Inspiré par le *Chant des regrets éternels* de Bai Juyi, le poème relate la vie sociale dans la tourmente de l'époque et raconte la prise de la capitale des Tang avec des images violentes et réalistes, procédé inhabituel dans la littérature chinoise.

台城

江雨霏霏江草齐，
六朝如梦鸟空啼。
无情最是台城柳，
依旧烟笼十里堤。

Le palais Taicheng

(Traduit du chinois par Zhang Ruling)

Il bruine sur le fleuve, un tapis d'herbes flotte sur l'eau ;
Six dynasties ? Un rêve ! L'oiseau crie dans le vide.
Demeurent, insensibles, les saules du palais
À jamais enfouis dans la brume sur l'interminable levée.

李煜

937 年生于金陵（今南京），卒于 978 年，南唐末代君主、诗人。

李煜是五代十国时期南唐的第三位也是最后一位皇帝，961 年至 975 年在位。宋军大举征南唐时，他虽坚持抵抗，但终兵败投降，被俘至汴京（今开封）。

李煜既是君主，也是当时抒情诗人的代表，同时精通书法、绘画和音乐。他既是唐诗传统的继承者，又是词作形式的伟大探索者和创造者。他的诗词作品语言清新雅致，情真语挚。

李煜早期的诗词作品多描述宫廷奢华的享乐生活。但自大周后 964 年去世后，诗词风格转变为沉郁哀痛。他成就最高、最具悲剧气象的作品写就于亡国被囚禁期间，写出了亡国的痛苦和遗憾及对故国、往昔的思念之情。

034

035 **Li Yu** né en 937 à Jinling (aujourd'hui Nankin), mort en 978, est un souverain et poète de la fin de la dynastie des Tang du Sud.

Il est le troisième et dernier empereur de la dynastie des Tang du Sud pendant la période de transition de la Chine impériale, dite des « Cinq Dynasties et Dix Royaumes ». Il règne de 961 à 975. Après avoir fortement résisté, il est fait prisonnier dans la capitale Bianjing (aujourd'hui Kaifeng) par les armées d'invasion de la dynastie Song qui annexent son royaume.

Connu comme souverain, il est aussi un poète lyrique représentatif de son époque, maîtrisant également la calligraphie, la peinture et la musique. C'est à la fois un poète qui continue la tradition de la poésie Tang et un grand explorateur et créateur de la forme poétique chantée *ci* si particulièrement associée à la poésie de la dynastie Song. Son langage est frais et concis.

Il consacre une grande partie de son temps au plaisir et à la littérature, et cela se reflète dans ses premiers poèmes qui décrivent la vie hédoniste dans le palais. Il développe dans un deuxième temps un style plus triste, semble-t-il après la mort de sa femme en 964. Ses poèmes les plus connus et aussi les plus tristes sont composés pendant les années de sa captivité et ont pour thèmes le souvenir de la patrie et les regrets de son expérience de vie.

虞美人

春花秋月何时了，往事知多少？
小楼昨夜又东风，故国不堪回首月明中。

雕栏玉砌应犹在，只是朱颜改。
问君能有几多愁？恰似一江春水向东流。

Sur l’air « La belle dame Yu »

(Traduit du chinois par Zhang Ruling)

Fleurs de printemps, lunes d’automne, et pour combien de temps ?
De souvenirs, sais-tu combien tu en possèdes ?
Cette nuit le vent d’est souffle de nouveau sur le petit pavillon,
Je ne puis regarder mon royaume perdu, éclairé par la lune.

Les balustrades sculptées et les marches de jade sont toujours là,
Mais où sont donc les jolis visages d’autrefois ?
Vous vous demandez jusqu’où peut aller la tristesse :
Voyez seulement le large fleuve qui coule vers l’est au printemps !

柳永

约 987 年出生，崇安（今属福建）人，1053 年卒于润州（今江苏镇江），北宋词人、曲作家。

1034 年登进士榜。在成为一个优秀的词人之前，他已凭借不羁的个性和出众的才华声名鹊起。受京城汴京（今河南开封）繁华绮丽环境的影响，常流连于秦楼楚馆。

他的词作多描绘市井风情和歌姬生活，充分运用俚词俗语，词调丰富、结构巧妙，善用白描手法直抒胸臆。他洞晓音律，从音乐上发展词的声腔体式，使之成为雅俗共赏的佳作。他后期的词作展现了漂泊生活中深刻的情感和心态，真切感人，可以说是他诗集中最好的一部分作品。

他在潦倒中离世，生平交好的歌女们筹资为他举办了葬礼，还约定每年忌日去吊唁，为他唱词。

柳永对宋词进行了全面的革新，也是曲史上的先导，对后世产生了深远的影响。

038

039 **Liu Yong** né vers 987 à Chong'an (Fujian), mort en 1053 à Runzhou (aujourd'hui Zhenjiang, Jiangsu), est un poète et musicien chinois de la dynastie des Song du Nord.

Il réussit aux examens impériaux du « doctorat » (*jinshi*) en 1034. Plus qu'une brillante carrière, c'est sa vie dissipée et bohème et ses talents littéraires qui l'ont rendu célèbre. Il passe beaucoup de temps dans les quartiers de plaisirs de la capitale, l'actuel Kaifeng.

Ses poèmes sont là pour témoigner de son non-conformisme. La plupart de ses œuvres de poésie chantée *ci* sont dédiées à des courtisanes. Il s'agit de longs poèmes, peintures colorées de la vie de la capitale et des métropoles de province. Leur style est caractérisé par l'emploi de la langue populaire qui apporte une grande fraîcheur, par une structure rythmique et tonale innovante, la concision des vers, et le réalisme parfois osé des descriptions. Possédant de bonnes connaissances musicales, il compose lui-même les mélodies de ses poèmes, qui se répandent des maisons de courtisanes aux demeures princières. Ses derniers poèmes, inspirés par des sentiments plus profonds et plus personnels, peuvent être considérés comme la meilleure partie de son œuvre poétique.

Il meurt dans la misère, et ce sont des courtisanes qu'il a aimées et chantées qui s'occupent de ses funérailles et de l'entretien de sa tombe.

L'œuvre poétique de Liu Yong marque un tournant dans l'histoire de la poésie chantée *ci* et a une large influence sur les poètes postérieurs.

雨霖铃

寒蝉凄切，对长亭晚，骤雨初歇。
都门帐饮无绪，留恋处、兰舟催发。
执手相看泪眼，竟无语凝噎。
念去去、千里烟波，暮霭沉沉楚天阔。

Sur l'air « Tintement de la pluie »

(Traduit du chinois par Zhang Ruling)

Crissement plaintif des cigales transies,
Au crépuscule devant le relais des voyageurs,
L'averse vient juste de cesser.
Aux portes de la capitale, nous buvons sans joie sous la tente des adieux.
Insoutenable est la séparation prochaine,
Mais le bateau en bois de magnolia va partir.
Les mains enlacées, nos regards se croisent, pleins de larmes,
Aucun mot ne sort de nos gorges serrées.
Je songe à ce lointain voyage :
Mille lis de vagues embrumées,
Lourds nuages du crépuscule dans le ciel immense du Sud.

多情自古伤离别，更那堪、冷落清秋节！
今宵酒醒何处？杨柳岸、晓风残月。
此去经年，应是良辰好景虚设。
便纵有、千种风情，更与何人说？

Ceux qui s'aiment souffrent toujours de se quitter ;
Plus vive encore est la douleur
Dans le froid vif de la fête d'automne.
Où me réveillerai-je au matin après cette nuit d'ivresse ?
Près d'un rivage bordé de saules,
Sous la brise de l'aube et la lune qui pâlit.
Pendant toutes ces années à venir, loin de toi,
Les beaux moments et les beaux paysages seront vains.
Même si j'allais encore éprouver mille tendres sentiments,
À qui pourrais-je encore les confier ?

晏殊

出生于991年，抚州临川（今江西抚州）人，卒于1055年，北宋诗人、学者、政治家。

晏殊天资聪颖，七岁即能作文，十五岁时以“神童”身份应召参加殿试，真宗皇帝特赐同进士出身。年三十即为翰林学士。一生历居显宦要职，还为仁宗讲学，官拜宰相。他重视兴办官学，善于发现和举荐人才。

晏殊的诗歌多咏富贵气象和闲雅情思，风格珠圆玉润、淡雅含蓄，展示出宋词发展的新特色。

Yan Shu né à Linchuan (Jiangxi) en 991, mort en 1055, est un poète, érudit et homme politique de la dynastie des Song du Nord.

Enfant prodige, il écrit des articles à l'âge de 7 ans et réussit aux examens impériaux du « doctorat » (*jinshi*) à 15 ans. À l'âge de 30 ans, il devient membre de l'Académie Hanlin. Il progresse rapidement et occupe des postes importants au sein de l'administration impériale : d'abord chargé d'écrire les décrets impériaux puis détenteur du sceau impérial, il devient conseiller du prince héritier et enfin Premier ministre de l'empereur Renzong. Il attache une grande importance au développement de l'institution et excelle dans la détection et le développement des talents.

Les poèmes de Yan Shu louent principalement la richesse et l'élégance, et leur style est rond, élégant et subtil, illustrant les nouvelles caractéristiques de la poésie Song.

浣溪沙

一曲新词酒一杯，去年天气旧亭台。
夕阳西下几时回？
无可奈何花落去，似曾相识燕归来。
小园香径独徘徊。

Sur l'air « Lavage de la soie au ruisseau »

(Traduit du chinois par Zhang Ruling)

Je compose des vers nouveaux sur un air ancien,
et les chante un verre à la main.
Par une journée aussi belle que l'an passé,
toujours la même gloriette !
Mais le soleil décline peu à peu à l'ouest. Reviendra-t-il ?

Les fleurs sont tombées. Qu'y puis-je ?
Mais je crois reconnaître l'hirondelle qui revient.
J'erre, solitaire, sur la sente parfumée du petit jardin.

苏轼

号东坡居士，出生于1037年，眉州眉山（今属四川）人，1101年卒于常州，北宋诗人、书法家、画家、政治家。

苏轼才学过人，二十岁时就已进士及第，入仕后逐步受到重用。哲宗时任翰林学士。为官期间以民为重，积极改善民生。然而他一生经历宦海浮沉，曾因“乌台诗案”入狱，并多次因言论和政治立场遭到贬谪。

苏轼的思想丰富而复杂，将儒、释、道三家思想兼融贯通。

苏轼是北宋中期文坛领袖，擅长写诗作词，并对词体进行了全面改革。他在散文、书画等方面也都取得了很高的艺术成就。他还破除了自晚唐以来“诗尊词卑”的观念，提高了词的文学地位。

048

049 **Su Shi** aussi connu sous le nom de Su Dongpo, né en 1037 à Meishan (Sichuan), mort en 1101 à Changzhou, est un poète, calligraphe, peintre et homme politique de la dynastie des Song du Nord.

Reconnu très jeune comme un homme d'exception grâce à son brillant succès aux examens impériaux du « doctorat » (*jinshi*), ce lettré est vite promu à des postes à responsabilité dans l'administration. À l'époque de l'empereur Zhezong, il est membre de l'Académie Hanlin. Il propose des réformes pour améliorer la condition des paysans. Il subit cependant toute sa vie les aléas de la vie politique, entre l'exercice du pouvoir, la prison et l'exil une douzaine de fois.

La pensée de Su Shi est riche et complexe, fondamentale pour la culture chinoise car elle intègre les trois courants de pensée du confucianisme, du taoïsme et du bouddhisme *chan* (Zen) qui s'expriment de manière organique et équilibrée dans sa création littéraire.

Mais il est surtout connu en tant que leader du monde littéraire au milieu du règne de la dynastie Song. Il excelle dans l'écriture poétique classique *shi* et la poésie chantée *ci*, où il innove par les symboles évoqués. Il est aussi reconnu pour ses écrits sur l'art, pour ses calligraphies et ses peintures. Il est l'une des figures représentatives du mouvement réformateur qui s'oppose à l'idée prévalant à la fin de la dynastie Tang, selon laquelle la poésie *shi* serait plus noble que la poésie *ci*.

水调歌头

丙辰中秋，欢饮达旦，大醉，作此篇，兼怀子由。

明月几时有？把酒问青天。
不知天上宫阙，今夕是何年。
我欲乘风归去，又恐琼楼玉宇，高处不胜寒。
起舞弄清影，何似在人间！

Sur l’air « L’eau »

(Traduit du chinois par Zhang Ruling)

L’année du troisième tronc et du cinquième rameau, à la mi-automne, j’ai pris plaisir à boire jusqu’à l’aurore et en grande ivresse ai composé ce texte en pensant à Ziyou.

La lune argentée, présente depuis combien, combien de temps ?
Une coupe à la main, je demande au ciel bleu :
« Quel jour de l’année sommes-nous dans le palais des cieux ? »
Je voudrais retourner là-bas sur l’aile du vent.
Le froid mordant du pavillon de jade, je crains de ne point pouvoir l’endurer.
Je me lève et je danse avec mon ombre claire.
Sommes-nous mieux sur terre que dans le ciel ?

转朱阁，低绮户，照无眠。
不应有恨，何事长向别时圆？
人有悲欢离合，月有阴晴圆缺，此事古难全。
但愿人长久，千里共婵娟。

La lune se tourne vers le pavillon rouge,
Elle pénètre par la fenêtre en bois sculpté,
Sa lumière m'empêche de dormir.
N'ayons pas de regrets !
Nous sommes séparés, pourquoi est-elle là, si ronde ?
On s'unit dans la joie et on se quitte dans la peine ;
Elle croît et décroît, voilée ou pleine.
La perfection n'est pas de ce monde.
J'espère que nous vivrons longtemps,
Que même séparés de mille lis,
nous pourrons admirer sa beauté.

李清照

出生于 1084 年，齐州章丘（今属山东济南）人，卒于 1155 年左右，宋代著名女词人。

李清照自幼生活在文学氛围浓厚的士大夫家庭，父亲是“苏门后四学士”之一，母亲也善文词，这在女性受教育较少的那个时代是个例外。李清照少有才藻，雅擅诗文，能书画，尤以词闻名于世。

1127 年“靖康之变”金兵灭北宋后，其夫赵明诚仕宦于南宋高宗政权，李清照跟随丈夫南迁。

赵明诚在建康（今江苏南京）病卒后，李清照转徙浙东、浙西各地，晚年孤苦无依，在临安（今浙江杭州）郁郁而终。

李清照前期的词多写闺情，清新优美；南渡后所作多故国之思与身世之感，风格变为低回婉转、凄苦深沉。其词风格婉约、独树一帜，这使她成为宋代最伟大的词人之一。其词号称“易安体”。

Li Qingzhao née en 1084 à Zhangqiu (aujourd'hui Jinan, Shandong), morte vers 1155, est une poétesse de la dynastie des Song.

Elle baigne dans une atmosphère littéraire dès son enfance. Son père, fonctionnaire dans la capitale Kaifeng, fait partie d'un cercle littéraire dirigé par le poète Su Shi. Sa mère est une lettrée connue, une exception à une époque où peu de femmes étaient éduquées. Li Qingzhao reçoit une éducation érudite en histoire, poésie, calligraphie, musique et chant. Elle commence très jeune à écrire des poèmes.

La prise de la capitale Kaifeng en 1127 par les Jürchens provoque un exode vers le sud dans lequel elle est entraînée avec son époux.

Après le décès de ce dernier à Jiankang (aujourd'hui Nankin, Jiangsu), elle vit dans plusieurs villes de la province du Zhejiang. Au cours de ses dernières années, elle est seule et désespérée. Elle meurt de dépression à Lin'an (aujourd'hui Hangzhou, Zhejiang).

Dans ses premiers poèmes, elle décrit la vie d'une jeune fille, avec grâce et fraicheur. Mais après son exode vers le sud et le décès de son époux, ses poèmes expriment sa nostalgie de la patrie et son immense chagrin, prenant une tonalité sombre et affligée. Le style gracieux et subtile de ses poèmes fait d'elle l'un des plus grands poètes de la dynastie Song, et elle est considérée comme l'un des maîtres de la poésie chantée *ci*. Son style de *ci* est nommé « style de Yi'an ».

一剪梅

红藕香残玉簟秋，轻解罗裳，独上兰舟。
云中谁寄锦书来？雁字回时，月满西楼。

花自飘零水自流，一种相思，两处闲愁。
此情无计可消除，才下眉头，却上心头。

Sur l'air « Une branche de prunus coupée »

(Traduit du chinois par Zhang Ruling)

Le parfum des lotus rouges s'estompe ;
L'automne est là sur la natte ornée de jade.
Je dégrafe légèrement ma robe en soie,
Et monte seule sur la barque en bois de magnolia.
Qui m'écrira à travers les nuages sur un mouchoir brodé ?
Les oies sauvages reviennent, traçant des caractères dans le ciel ;
La pleine lune éclaire le pavillon de l'Ouest.

Les fleurs se dispersent, l'eau coule éternellement ;
Un seul et même mal d'amour,
Une tristesse ressentie ici et là-bas.
Impossible de chasser ce sentiment ;
Dès que je baisse les yeux,
Il pénètre mon cœur.

辛弃疾

号稼轩居士，出生于1140年，历城（今山东济南历城区）人，卒于1207年，南宋诗人、官员、将领。

他的许多诗词都以抗金斗争为主题。与大多数中国文人主要通过写作来表达忧思不同，辛弃疾组织抗金武装、亲身驰骋沙场，是南宋伟大的爱国词人。但他也有描绘田园风光和乡村生活的诗词作品。

辛弃疾的词风以豪放为主，悲壮苍凉，同时又能刚柔相济。他的词与苏轼齐名，慷慨壮烈，思想感情深邃，具有爱国主义精神和浪漫主义色彩。他将苏轼开创的豪放雄浑的词风发挥到了极致，并推向了新的发展阶段。

辛弃疾的文章多为奏疏，针砭时弊，系统地陈述了他对于当时政治和军事形势的见解及谋略，同时他在武术方面也表现出了罕见的才华。

Xin Qiji né en 1140 à Licheng (aujourd'hui Jinan, Shandong), mort en 1207, est un poète, fonctionnaire et général de la dynastie Song du Sud.

De nombreux poèmes ont pour thème la résistance à l'attaque du royaume Jin. Contrairement à la plupart des lettrés chinois, qui ont exprimé leurs préoccupations essentiellement par leurs écrits, Xin a pris son épée et a combattu l'ennemi, ce qui fait de lui le plus grand poète patriote de la dynastie Song du Sud. Ses poèmes ont aussi pour thèmes les paysages pastoraux et la vie rurale.

Son style est plutôt audacieux et débridé, tantôt tragique et désolé, tantôt doux. Xin Qiji a acquis une réputation égale à celle de Su Shi pour ses poèmes chantés (*ci*), réputés pour leur style vivant et vigoureux, leur imagination novatrice et leur profondeur de pensée et d'émotions. Xin Qiji a poussé à l'extrême le style audacieux, débridé et puissant de la poésie chantée *ci* inauguré par Su Shi, et en a fait une tendance générale de la période Song.

Il est l'auteur de traités politiques présentés à la cour impériale, exposant de manière parfois incisive la situation politique et militaire prévalente, et proposant des stratégies pour mieux gouverner et défendre le pays. Il exprime aussi son rare talent dans le domaine des arts martiaux.

青玉案·元夕

东风夜放花千树。更吹落、星如雨。宝马雕车香满路。凤箫声动，玉壶光转，一夜鱼龙舞。

蛾儿雪柳黄金缕。笑语盈盈暗香去。众里寻他千百度。蓦然回首，那人却在，灯火阑珊处。

Sur l'air « La table de jade vert »

(Traduit du chinois par Zhang Ruling)

Ce soir, le vent d'est fait osciller mille lanternes,
Comme une pluie d'étoiles dans les arbres.
Les chars décorés tirés par de nobles coursiers,
Laissent sur leur passage des traînées de parfums.
On entend le son poignant de la flûte.
Les lumières tournent tels des disques de jade,
Poissons et dragons dansent toute la nuit.

Phalènes et broches argentées dans les cheveux,
vêtues de robes brodées d'or,
On entend des voix et des rires, on devine leur parfum.
Dans la foule, je l'ai cherchée mille et cent fois.
Je tourne la tête et soudain je l'aperçois :
C'est bien elle,
Un peu à l'écart, là où les lumières sont moins vives.

马致远

1251年左右出生于燕京（今北京），卒于1321年左右，元代戏曲作家、散曲家。

年轻时热衷求取功名，但不得志。后曾出任江浙行省务官。晚年隐居田园。

马致远是元代著名的词曲作家。他的大部分作品都流露出明显的道家归隐思想，崇尚超然和宁静。其杂剧代表作是以“昭君出塞”故事改编的爱情悲剧《汉宫秋》。其散曲语言多姿，最有名的作品《天净沙·秋思》被称为“秋思之祖”。

062

063 **Ma Zhiyuan** né vers 1251 à Yanjing (aujourd'hui Pékin), mort vers 1321, est un poète, compositeur et dramaturge (opéra *yuanqu*) de la dynastie Yuan.

Jeune, il recherche la notoriété mais ensuite sa carrière officielle ne se déroule pas sans heurts. Il sert plus tard comme fonctionnaire provincial dans le Sud. Dans ses dernières années, il se retire sur ses terres.

Il est considéré comme un grand poète de la dynastie Yuan. La plupart de ses pièces sont centrées sur le thème de la délivrance taoïste, privilégiant le détachement et la sérénité. Son œuvre majeure est un drame historique, mêlant une intrigue relative aux alliances diplomatiques à la cour des Han et une tragédie amoureuse : *L'automne dans le palais Han*. Son style littéraire raffiné se retrouve dans ses poèmes de style lyrique *sanqu* dont le plus célèbre est *Pensée d'automne*, référence majeure dans la poésie chinoise pour l'expression des sentiments propres à l'automne.

天净沙·秋思

枯藤老树昏鸦，
小桥流水人家，
古道西风瘦马。
夕阳西下，
断肠人在天涯。

Pensée d'automne

(Traduit du chinois par Zhang Ruling)

Lierre desséché sur un vieil arbre, corbeaux du soir,
Petit pont sur un ruisseau, une demeure,
Par vent d'ouest, sur une voie ancienne, s'efflanque un cheval.
Le soleil décline au couchant,
Un homme au cœur brisé sur la ligne de l'horizon.

中国现当代诗歌

Poésie chinoise
moderne et
contemporaine

Lithographie de Paul ANDREU 保罗·安德鲁画作

李金发

原名李淑良，生于1900年，1976年在纽约去世，广东嘉应（今梅州）人。中国诗人、雕塑家。

早年曾求学香港，后至上海就读留法预备班。1919年赴法学习雕塑艺术，先后就读于第戎美术专门学校和巴黎帝国美术学校。笔名“金发”的由来，是他在法患病期间梦到随一位金发女神遨游空中，故以此名纪念。1925年回国在艺术院任教。晚年定居美国。

李金发曾出版有关艺术和雕刻的著作。他出版的《微雨》《为幸福而歌》《食客与凶年》，是中国早期象征诗派的代表作，对中国新诗进行了有益的探索和尝试。

李金发的诗歌深受法国象征派诗人波德莱尔和魏尔伦等人的影响，善于用富于象征意义的形象来表现自己的情感、感受与思想，诗意朦胧、语言晦涩，为中国象征诗派的开创者。学者朱自清曾赞誉他是“把法国象征派诗人的手法介绍到中国诗坛的第一人”。

Li Jinfa de son vrai nom Li Shuliang, né en 1900 à Jiaying (aujourd'hui Meizhou, Guangdong), mort à New York en 1976, est un poète et sculpteur chinois.

Il étudie à Hong Kong, puis à Shanghai pour suivre la classe préparatoire aux études en France. En 1919, il part en France étudier l'art de la sculpture, à Dijon puis à Paris, à l'École des beaux-arts. Il choisit le pseudonyme Jinfa, qui signifie « Cheveux blonds », en souvenir de la jeune fille blonde qui lui rend visite en rêve alors qu'il est malade. Il rentre en Chine en 1925 et enseigne les beaux-arts. Il s'installe aux États-Unis pendant la guerre et y finit ses jours.

Il publie des ouvrages sur l'art et la sculpture. Ses recueils de poésie *Fine pluie*, *Chansons pour le bonheur* et *Épreuves d'un long voyage* sont des œuvres représentatives du début de la poésie symboliste chinoise. Il explore de nouvelles voies qui auront une grande influence sur la nouvelle poésie chinoise.

La poésie de Li Jinfa a été profondément influencée par les poètes symbolistes français Baudelaire et Verlaine. Il utilise des images symboliques pour exprimer ses sentiments tourmentés, sa profonde solitude et sa souffrance de l'exil. Sa poésie est souvent énigmatique. L'érudit Zhu Ziqing l'a un jour félicité en tant que « première personne à introduire les techniques des poètes symbolistes français dans le monde de la poésie chinoise ».

有感

如残叶溅
血在我们
脚上，
生命便是
死神唇边
的笑。
半死的月下，
载饮载歌，
裂喉的音
随北风飘散。

Avec sentiment

(Traduit du chinois par Chantal Chen-Andro)

Telles feuilles mortes giclant
    Le sang sur nos
        Pieds,

La vie est
    Au coin des lèvres du dieu de la Mort
        Un sourire.

Sous la lune moribonde,
    Mettons-nous à boire et à chanter,
        Les sons déchirant la gorge
Se dispersent au vent du nord.

吁！
抚慰你所爱的去。
开你户牖
使其羞怯，
征尘蒙其
可爱之眼了。
此是生命
之羞怯
与愤怒么？

Hélas !

Vont consoler cet être cher.

Ouvre tes portes et tes fenêtres

Pour qu'il éprouve un sentiment de gêne,

Que la poussière du voyage couvre ses yeux adorables.

Sont-ce là cette gêne

Et cette colère

Propres à la vie ?

如残叶溅血在我们脚上。

生命便是死神唇边的笑。

Telles feuilles mortes giclant
Le sang sur nos
Pieds.

La vie est
Au coin des lèvres du dieu de la Mort
Un sourire.

戴望舒

1905 年出生于浙江杭州，1950 年于北京去世。中国现代派诗人、翻译家。

他在上海震旦大学学习法语期间开始写诗。1927 年创作了成名作《雨巷》。1929 年出版的第一本诗集《我底记忆》成为现代诗派的起点。1932 年戴望舒与施蛰存、杜衡共同创办了《现代》月刊，以译介西方名著、发表现代作品为主。

1932 年至 1935 年，戴望舒赴法，先后就读于巴黎大学、里昂中法大学。他曾翻译过许多法国作家，如夏多布里昂、波德莱尔、保罗·瓦雷里、路易·阿拉贡、让·保罗·萨特、罗曼·罗兰等人的作品。同时，他也将中国作家的作品译介到法国。

1936 年后，戴望舒曾在上海同友人共同创办《新诗》月刊，积极用笔作武器投身爱国抗日运动。1941 年日军占领香港后，被捕入狱。他因此创作了《狱中题壁》《我用残损的手掌》等一系列优秀的爱国诗歌，旨在表现反抗精神，情调趋向明朗。

他的诗歌总体风格忧郁、沉静，延续着晚唐以来的古典韵味，但表现形式却又十分现代，象征主义的影响显而易见。由此，戴望舒实现了东西方文化的和谐相融。

Dai Wangshu né à Hangzhou (Zhejiang) en 1905, mort à Pékin en 1950, est un poète et traducteur moderne chinois.

Il commence à écrire de la poésie alors qu'il rejoint l'université Aurore de Shanghai pour y apprendre le français. En 1927, il écrit son œuvre très célèbre *Ruelle sous la pluie*. Son premier recueil de poèmes *Mes souvenirs*, publié en 1929, est considéré comme l'acte fondateur de l'école de poésie dite « moderniste » en Chine. En 1932, Dai Wangshu, Shi Zhecun et Du Heng fondent la revue *Les contemporains*, qui présente des classiques occidentaux et publie des œuvres modernes.

De 1932 à 1935, Dai Wangshu étudie en France à l'Université de Paris et à l'Institut franco-chinois de Lyon. Il traduit de nombreux auteurs français comme Chateaubriand, Baudelaire, Paul Valéry, Louis Aragon, Jean-Paul Sartre, Romain Rolland. Parallèlement, il traduit et introduit en France les œuvres d'écrivains chinois.

Après 1936, il fonde à Shanghai le mensuel *Nouvelle poésie*. Il utilise activement la plume comme arme pour rejoindre le mouvement patriotique antijaponais. Il est arrêté et emprisonné après l'occupation de Hong Kong par l'armée japonaise en 1941. Il compose des poèmes patriotiques tels qu'*Inscription sur le mur en prison*, *De ma paume blessée*, exprimant l'esprit de résistance avec des sentiments qui restent optimistes.

Son style poétique est mélancolique et calme, empreint du charme classique de la poésie Tang. Mais la forme d'expression est très moderne et l'influence du symbolisme est clairement perceptible. Il réussit ainsi un métissage harmonieux des cultures orientale et occidentale.

雨巷

撑着油纸伞，独自
彷徨在悠长，悠长
又寂寥的雨巷，
我希望逢着
一个丁香一样地
结着愁怨的姑娘。

她是有
丁香一样的颜色，
丁香一样的芬芳，
丁香一样的忧愁，
在雨中哀怨，
哀怨又彷徨；

Ruelle sous la pluie

(Traduit du chinois par Chantal Chen-Andro)

Tenant un parapluie en papier huilé, esseulé
J'erre par la longue, longue
Ruelle désolée,
J'aimerais tant rencontrer
Une jeune fille portant la tristesse
Comme fait le lilas.

Elle aura
La couleur du lilas,
Son parfum,
Sa mélancolie,
Elle dira sa plainte sous la pluie,
Sa plainte et son errance ;

她彷徨在这寂寥的雨巷，
撑着油纸伞
像我一样，
像我一样地
默默彳亍着，
冷漠，凄清，又惆怅。

她静默地走近
走近，又投出
太息一般的眼光，
她飘过
像梦一般地，
像梦一般地凄婉迷茫。

Elle flânera par la ruelle désolée,
Tenant tout comme moi
Son parapluie en papier huilé,
Tout comme moi
Elle marchera silencieuse,
Indifférente, seule et triste, le vague à l'âme.

Elle s'approchera sans bruit,
S'approchera encore, me jettera un regard
Tel un long soupir,
Elle passera
Flottant comme un rêve,
Vague et triste.

像梦中飘过
一枝丁香地，
我身旁飘过这女郎；
她静默地远了，远了。
到了颓圮的篱墙，
走尽这雨巷。

在雨的哀曲里，
消了她的颜色，
散了她的芬芳，

Tel un lilas
Qui passerait dans un rêve,
La jeune fille est passée près de moi ;
En silence elle s'est éloignée, si loin,
Jusqu'à la haie délabrée,
Jusqu'au bout de la ruelle sous la pluie.

Dans la complainte de la pluie,
Sa couleur s'est effacée,
Son parfum s'est dissipé,

消散了，甚至她的
太息般的眼光，
她丁香般的惆怅。

撑着油纸伞，独自
彷徨在悠长，悠长
又寂寥的雨巷，
我希望飘过
一个丁香一样地
结着愁怨的姑娘。

Disparu aussi son regard
Tel un long soupir,
Ce vague à l'âme pareil à celui du lilas.

Tenant un parapluie en papier huilé, esseulé
J'erre par la longue, longue
Ruelle désolée,
J'aimerais tant rencontrer
Une jeune fille portant la tristesse
Comme fait le lilas.

艾青

原名蒋海澄，1910 年出生于浙江金华，1996 年去世。中国现代文学家、诗人、画家。

1928 年，艾青考入杭州国立西湖艺术院。翌年，前往巴黎专修绘画。因经济窘迫，曾于漆作坊、画室勤工俭学，从而接触到后期印象派。他阅读了大量西方现代作品和诗歌评论，其中阿波利奈尔、埃米尔·维尔哈伦、马雅可夫斯基等人对他影响深远。

1932 年回国，加入“中国左翼美术家联盟”。1934 年发表了著名的长诗《大堰河——我的保姆》。抗日战争时期，投身抗日救亡运动。1941 年赴延安，在鲁迅艺术学院任教，并担任《诗刊》主编。他以《北方》《向太阳》《火把》等数部诗集记录民族苦难，歌颂最终迎来胜利的祖国和人民。

中华人民共和国成立后，艾青曾担任中央美术学院领导，《人民文学》副主编、中国作协副主席等职务。1985 年，他获颁法国艺术与文学骑士勋章。

艾青的诗歌语言朴素、真诚、热烈，内容带有强烈的现实主义色彩，爱憎分明；在诗歌理论上，主张内容和形式的统一。

Ai Qing de son vrai nom Jiang Haicheng, né à Jinhua (Zhejiang) en 1910, mort en 1996, est un écrivain, poète et peintre moderne chinois.

Il entre en 1928 à l'Académie nationale des arts de Hangzhou. Il se rend à Paris en 1929 pour étudier la peinture. En raison de difficultés financières, il travaille et étudie dans des ateliers où il entre en contact avec le postimpressionnisme. Il lit un grand nombre d'œuvres et de critiques poétiques occidentales modernes qui l'influencent profondément, dont celles d'Apollinaire, Émile Verhaeren et Maïakovski.

Il retourne en Chine en 1932 et rejoint la Ligue des artistes chinois de gauche. En 1934, il publie le célèbre poème *La rivière Dayan, ma nourrice*. Pendant la guerre, il participe au mouvement antijaponais. En 1941, il se rend à Yan'an pour enseigner à l'Académie des arts Lu Xun et est rédacteur en chef de la revue *Poésie*. Dans plusieurs recueils de poèmes tels que *Le Nord*, *Vers le soleil* et *La torche*, il décrit les souffrances de la nation et fait l'éloge de la patrie et du peuple chinois finalement victorieux.

Après la fondation de la République populaire de Chine, il devient l'un des responsables de l'Institut central des beaux-arts, rédacteur en chef adjoint de la revue *Littérature du peuple* et vice-président de l'Association des écrivains chinois. Il reçoit en 1985 la distinction française de chevalier des Arts et des Lettres.

Le langage de ses poèmes est simple, sincère et passionné, et le contenu est très réaliste, exprimant clairement les sentiments extrêmes tels que l'amour et la haine. Dans la théorie de la poésie, il prône l'unité du contenu et de la forme.

手推车

在黄河流过的地域
在无数的枯干了的河底
手推车
以唯一的轮子
发出使阴暗的天穹痉挛的尖音
穿过寒冷与静寂
从这一个山脚
到那一个山脚
彻响着
北国人民的悲哀

La brouette

(Traduit du chinois par Chantal Chen-Andro)

Sur les contrées arrosées par le fleuve Jaune
Sur ses innombrables lits asséchés
La brouette
Avec son unique roue
Grince à mettre en convulsions le ciel morne
À travers le silence et le froid
Du pied de cette montagne
À cet autre
Se fait l'écho fidèle
De la tristesse des gens du Nord

在冰雪凝冻的日子
在贫穷的小村与小村之间
手推车
以单独的轮子
刻画在灰黄土层上的深深的辙迹
穿过广阔与荒漠
从这一条路
到那一条路
交织着
北国人民的悲哀

Pendant les jours scellés par la neige et la glace
D'un pauvre village à l'autre
La brouette
Avec sa seule roue
Creuse de fortes ornières sur la couche jaunâtre du lœss
À travers les déserts et les immensités
D'un chemin
À l'autre
Va tissant
La tristesse des gens du Nord

北岛

原名赵振开，1949 年出生于北京。中国当代诗人、小说家。

中学毕业后，在北京当了一名建筑工人。二十世纪七十年代初开始写作，直到 1974 年完成小说《波动》的初稿，并于 1979 年发表在自己创办的《今天》杂志上。二十世纪八十年代，北岛陆续创作了不少中、短篇小说，如《稿纸上的月亮》《在废墟上》和《幸福大街十三号》。他的代表诗作有《回答》《一切》，代表作品集有《城门开》《在天涯》《时间的玫瑰》《青灯》等多部诗集和散文集。

北岛是“朦胧诗派”代表诗人之一。他的作品透过表象直达本质，带着怀疑主义与批判精神，语言冷峻、简洁，含有多向理解的阐释空间。

北岛多次获得诺贝尔文学奖提名，曾荣获瑞典笔会颁发的图霍尔斯基奖、洛哥·阿格那国际诗歌节奖、古根海姆奖等众多奖项，并被评为美国艺术与文学学院终身荣誉院士。

Bei Dao de son vrai nom Zhao Zhenkai, né en 1949 à Pékin, est un poète et romancier contemporain chinois.

Après ses études secondaires, il est ouvrier du bâtiment à Pékin. Il commence à écrire au début des années 1970. Ce n'est qu'en 1974 qu'il achève son roman *Vagues*, et il le publie en 1979 dans la revue *Aujourd'hui* dont il est l'un des fondateurs. Dans les années 1980, il écrit des nouvelles comme *La lune sur le manuscrit*, *Sur les ruines* et *13, rue du Bonheur*. Ses œuvres poétiques majeures comprennent les poèmes *Réponse*, *Tout*, les recueils de poésie *Au bord du ciel*, *La rose du temps*, l'autobiographie lyrique *S'ouvrent les portes de la ville*, et le recueil d'essais *La lampe verte*.

Il est l'un des poètes représentatifs du mouvement des « poètes obscurs » (ou « poètes brumeux », ainsi nommés en raison de leur poésie « obscure »). Les œuvres de Bei Dao vont droit à l'essentiel à travers les apparences, avec un esprit de scepticisme et de critique. Le langage est froid, concis et parfois ambigu, usant du paradoxe, avec de multiples possibilités d'interprétation.

Bei Dao est plusieurs fois sélectionné pour le prix Nobel de littérature. Il reçoit de nombreux prix comme le prix Tucholsky du PEN suédois, le prix international de poésie Argana, le prix Guggenheim. Il est élu membre honoraire à vie de l'Académie américaine des arts et des lettres.

问天

今夜雨零乱
清风翻书
字典旁敲侧击
逼我就范

从小背古诗
不得要领
阐释的深渊旁
我被罚站

月朗星稀
老师的手从中
指点迷津
影子戏仿人生

Questions au ciel

(Traduit du chinois par Chantal Chen-Andro)

Ce soir la pluie tombe éparse
La brise feuillette le livre
Le dictionnaire parle à mots couverts
Je ne peux lui résister

Enfant je récitais des poèmes anciens
Sans comprendre
Debout, puni
Au bord du gouffre des commentaires

La lune brille, quelques rares étoiles
La main du Maître
Montre le gué des rêves
Les ombres miment l'existence

有人在教育
的斜坡上滑雪
他们的故事
滑出国界

词滑出了书
白纸是遗忘症
我洗净双手
撕碎它，雨停

Des gens glissent à skis
Sur les pentes de l'instruction
Leur histoire
Glisse hors des frontières

Les mots ont glissé hors du livre
La feuille blanche est atteinte d'amnésie
Je me lave les mains
Je déchire la feuille, la pluie cesse

舒婷

原名龚佩瑜，1952年出生于福建龙海。中国当代女诗人。

舒婷在厦门长大，1969年作为知识青年下乡插队到闽西山区，在此期间开始写诗。1972年返城后又在工厂工作了8年。曾任厦门文联主席，以及福建省文联、作协副主席。

舒婷是“朦胧派”诗歌的女性代表之一。1979年诗歌《致橡树》发表后被广为传诵，这标志着她的诗歌向探索人类经历和情感的风格转变。其代表诗集有《双桅船》《会唱歌的鸢尾花》《始祖鸟》等，代表散文集有《真水无香》等。

她于1980年和1983年获得国家级诗歌奖项，凭散文集《真水无香》获评第六届华语文学传媒盛典“年度散文家”。其诗歌曾被翻译成多种语言。

尽管舒婷的诗歌往往从小我视角出发，但仍具有较强的颂歌特征。她用诗歌体现道义与责任，歌颂世间的美好情感和对祖国、民族的挚爱，并运用丰富的意象歌颂人的美好情感和品质。

Shu Ting de son vrai nom Gong Peiyu, né à Longhai (Fujian) en 1952, est une poétesse contemporaine chinoise.

Elle grandit à Xiamen. Pendant la Révolution culturelle, elle est envoyée dans les montagnes de l'ouest du Fujian de 1969 à 1972, en tant que « jeune instruite », et commence à écrire de la poésie. De retour, elle travaille en usine pendant huit ans. Elle devient présidente de la Fédération des cercles littéraires et artistiques du Xiamen, vice-présidente de la Fédération des cercles littéraires et artistiques du Fujian et de l'Association des écrivains chinois du Fujian.

Elle est la principale représentante féminine du mouvement des « poètes brumeux ». En 1979, son poème *Au chêne*, largement salué, marque une transition stylistique vers une poésie plus intimiste, explorant les expériences et émotions humaines. Elle publie des recueils de poésie comme *Le brick*, *L'iris chantant*, *Archaeoptéryx*, et des recueils en prose comme *L'eau véritable n'a pas de parfum*.

Elle remporte le Prix national de poésie en 1980 et 1983. *L'eau véritable n'a pas de parfum* remporte le Prix de l'essayiste au 6e Festival des médias de littérature chinoise. Ses poèmes ont été traduits dans de nombreuses langues.

Bien que les poèmes de Shu Ting soient souvent écrits dans une perspective personnelle, ce sont de véritables hymnes. Elle utilise la poésie pour incarner la moralité et la responsabilité, écrit sur la condition humaine, chante les belles émotions du monde et son amour pour sa patrie, et utilise des objets et des images fortes pour représenter les gens afin de louer leurs émotions et leurs qualités.

致橡树

我如果爱你——
绝不像攀援的凌霄花，
借你的高枝炫耀自己；
我如果爱你——
绝不学痴情的鸟儿，
为绿荫重复单纯的歌曲；
也不止像泉源，
常年送来清凉的慰藉；
也不止像险峰，
增加你的高度，衬托你的威仪。
甚至日光，
甚至春雨。
不，这些都还不够！

Au chêne

(Traduit du chinois par Chantal Chen-Andro)

Je t'aimerais –
Non comme font les fleurs de givre grimpantes
Qui t'empruntent ta plus haute branche pour se faire valoir ;
Je t'aimerais –
Non comme fait l'oiseau enamouré
Qui rabâche pour ton ombre un chant pur ;
Je ne m'en tiendrais pas à imiter la source
Qui à longueur d'année offre la fraîcheur de sa consolation ;
Ni les sommets périlleux
Qui te rehaussent, font ressortir ta dignité.
Ou même la lumière.
Ou même la pluie.
Non, tout cela ne suffirait pas !

我必须是你近旁的一株木棉，
作为树的形象和你站在一起。
根，紧握在地下，
叶，相触在云里。
每一阵风过，
我们都互相致意，
但没有人，
听懂我们的言语。
你有你的铜枝铁干，
像刀，像剑，
也像戟；

Je devrais être un pied de fromager à proximité de toi,
En tant qu'image de l'arbre être debout avec toi.
Racines s'empoignant sous terre,
Feuilles se touchant dans les nuages,
À chaque souffle de vent
Nous nous saluerions,
Mais personne
Ne comprendrait notre langage.
Tu aurais la solide charpente
Du couteau, de l'épée
Ou d'une hallebarde ;

我有我红硕的花朵，
像沉重的叹息，
又像英勇的火炬。
我们分担寒潮、风雷、霹雳；
我们共享雾霭、流岚、虹霓。
仿佛永远分离，
却又终身相依。
这才是伟大的爱情，
坚贞就在这里：
爱——
不仅爱你伟岸的身躯，
也爱你坚持的位置，脚下的土地。

J'aurais mes grosses fleurs rouges
Tels de lourds soupirs
Ou des torches héroïques.
Nous partagerions vagues de froid, orages, foudre,
Mais aussi la brume, les vapeurs, l'arc-en-ciel,
On nous croirait séparés pour toujours
Pourtant nous serions liés à vie.
Tel est le sublime amour,
Là réside la constance :
L'amour –
Aimer non seulement ta haute stature,
Mais ta stabilité et la terre à tes pieds.

赵丽宏

1952年生于上海。中国当代诗人、作家。

1968年中学毕业后，曾在崇明岛插队务农，在孤独困苦中开始自己的写作生涯。1977年恢复高考后考入华东师范大学，毕业后成为职业作家，并在文学期刊任职，1983年加入中国作家协会。曾任《上海文学》主编，现为上海市作家协会副主席、上海国际诗歌节艺术委员会主席等。

至今已出版了众多诗歌、散文和小说，著有《赵丽宏文学作品》、赵丽宏“童心三部曲”(《童年河》《渔童》《黑木头》)，代表作品集还有《珊瑚》《岛人笔记》《月光和古玉》《江芦的咏叹》等。2016年出版的诗集《疼痛》受到诸多中国诗评家的好评。

赵丽宏曾获塞尔维亚斯梅德雷沃金钥匙国际诗歌奖、“上海市文学艺术奖”杰出贡献奖、罗马尼亚米哈伊·爱明内斯库国际诗歌奖等国内外文学奖项。其许多作品被翻译成英语、法语、俄语、西班牙语、意大利语和塞尔维亚语等多种语言在海外出版发行。

赵丽宏的诗歌大多抒情，语言温婉宁静，文笔淳朴真诚；既体现了古老的智慧，又体现了深入人性的创造性思维，呈现了人生百味。

106
107

Zhao Lihong né en 1952 à Shanghai, est un poète et écrivain contemporain chinois.

À la fin du lycée en 1968, il est envoyé à la campagne sur une île isolée, et commence à écrire dans la solitude et la privation. En 1977, après la reprise des examens d'entrée, il est admis à l'École normale supérieure de l'Est de la Chine. Diplômé, il devient écrivain professionnel et travaille pour des magazines littéraires. Il rejoint l'Association des écrivains chinois en 1983. Il a été rédacteur en chef des éditions *Littérature de Shanghai*, et est maintenant vice-président de l'Association des écrivains de Shanghai et président du Festival international de poésie de Shanghai.

Il publie des recueils de poèmes, des essais et des romans, rassemblés dans l'anthologie *L'oeuvre littéraire de Zhao Lihong* et dans *Trilogie* (*La rivière de l'enfance*, *Un garçon pêcheur*, *Un chien errant nommé Bois noir*). Parmi ses œuvres poétiques figurent *Coral*, *Notes d'un insulaire*, *Clair de lune et jade ancien* et *L'ode de Jiang Lu*. Son recueil *Douleurs* paru en 2016 est plébiscité par la critique chinoise.

Il remporte de nombreux prix littéraires en Chine et à l'étranger, comme le Smederevo Golden Key International Poetry Award en Serbie, le Prix pour contribution exceptionnelle à la littérature et l'art de Shanghai, le Prix international de poésie Mihai Eminescu en Roumanie. Nombre de ses œuvres sont traduites et publiées en anglais, français, russe, espagnol, italien, serbe.

La plupart de ses poèmes sont lyriques, le langage est doux et paisible, l'écriture simple et sincère. Ses poèmes relèvent à la fois d'une sagesse séculaire et d'une pensée créatrice plongeant au plus profond de la nature humaine et exprimant les différentes saveurs de la vie.

疼痛

无须利刃割戳
不用棍棒击打
那些疼痛的瞬间
如闪电划过夜空
尖利的刺激直锥心肺
却看不见一滴血
甚至找不到半丝微痕
说不清何处受伤
却痛彻每一寸肌肤
从裸露的脸面
一直到隐蔽的脏腑……

Douleurs

(Traduit du chinois par Fanny Fontaine et Zhang Ruling)

Nul besoin de sabre ou de poignard
Ni de bâton pour frapper
Ces moments sont aussi douloureux
Que des éclairs qui délimitent le ciel nocturne
Et une piqûre aiguë qui transperce le cœur
Mais nulle goutte de sang
On ne trouve même pas une once d'égratignure
Je ne pourrais dire où je suis blessé
Ni comment la douleur pénètre chaque pore de ma peau
Depuis mon visage découvert
Jusqu'à mes organes dissimulés…

有时一阵清风掠过
也会刺痛骨髓
有时被一双眼睛凝视
也会如焊火灼烤
有时轻轻一声追问
也会像芒刺在背……

我时常被疼痛袭扰
却并不因此恐惧
生者如此脆弱
可悲的是生命的麻木

Parfois, souffle une brise fraîche
Qui ravive aussi la douleur de ma colonne vertébrale
Parfois, deux yeux me scrutent
Et brûlent comme un fer à souder
Parfois encore, des questions me hantent légèrement
Cela me torture comme si j'avais des aiguilles plantées dans le dos...

Souvent, je suis harassé par la douleur
Mais je n'ai pas du tout peur
Les êtres vivants sont fragiles
La paralysie de la vie est regrettable

如果消失了疼痛的感觉
那还不如一段枯枝
一块冰冻的岩石

即便是一棵芒草
被狂风折断也会流泪
即便是一枝芦苇
被暴雨蹂躏也会呻吟

Si mon sentiment de douleur disparaissait
Je préférerais être une branche pourrie
Un rocher pris dans la glace

Ou même le miscanthus qui pleure
Lorsqu'il ploie sous les bourrasques du vent violent
Ou même le roseau
Qui gémit, dévasté par le déluge

欧阳江河

原名江河，1956年出生于四川泸州。中国当代诗人、诗学批评家和书法家。

欧阳江河出生于军人家庭，1976年底参军，曾任文官，1979年开始发表诗歌，曾发表长诗《悬棺》。1986年从军队转业后，在四川社会科学院文化研究中心工作。次年，与诗人西川一起参加了《诗刊》主办的“青春诗会”。1993年春前往美国加州大学戴维斯分校做访问学者。曾参加许多国际诗歌节、并在世界各地进行讲学和朗诵。2003年成为《今天》杂志的编辑，现为北京师范大学国际写作中心特聘教授。

著有《如此博学的饥饿》《大是大非》《长诗集》等多部诗集，其诗歌还被翻译成多种语言在国外出版。曾获《芳草》诗歌奖、剑桥银柳叶诗歌奖等多个奖项。

欧阳江河善于从生活、时代场景的变化中捕捉关键词，并用自己的语言进行诠释。他的诗歌充满悖论与思辨，不仅具有宏阔视野，也具有哲学的深度。

他是当代汉语诗歌创作的理论家，也是绘画、音乐、电影和戏剧的评论家以及公认的书法家。

114
115

Ouyang Jianghe de son vrai nom Jiang He, né à Luzhou (Sichuan) en 1956, est un poète, critique poétique et calligraphe contemporain chinois.

D'une famille de militaires, il rejoint l'armée fin 1976 et commence à publier de la poésie en 1979. Il publie le long poème *Le cercueil suspendu*. Il revient à la vie civile en 1986 et travaille au Centre de recherche de l'Académie des sciences sociales du Sichuan. L'année suivante il participe avec le poète Xi Chuan au cercle poétique Jeunesse de la revue *Poésie*. Au printemps 1993 il part aux États-Unis en tant que chercheur invité à l'Université de Californie à Davis. Il participe à de nombreux festivals internationaux et récitals de poésie et donne des conférences dans le monde entier. En 2003, il devient rédacteur à la revue *Aujourd'hui*. Actuellement, il est professeur émérite au Centre international d'écriture de l'Université normale de Pékin.

Il est l'auteur de nombreux recueils de poésie, dont *Une telle faim apprise*, *Le bien et le mal* et *Un recueil de longs poèmes*. Ses poèmes ont été traduits dans de nombreuses langues et publiés à l'étranger. Il a remporté plusieurs prix tels que le Silver Willow Leaf Poetry Award de l'université de Cambridge et le Fangcao Poetry Award.

Il sait capturer les mots-clés des changements dans la vie de son époque, et il les décode dans son propre langage. Sa poésie est pleine de paradoxes et de spéculations, lui conférant non seulement une large ouverture, mais aussi une profondeur philosophique.

C'est un théoricien de l'écriture poétique contemporaine chinoise, un critique en peinture, musique, cinéma et théâtre, et un calligraphe reconnu.

谁去谁留

黄昏，那小男孩躲在一株植物里
偷听昆虫的内脏。他实际听到的
是昆虫以外的世界：比如，机器的内脏。
落日在男孩脚下滚动有如卡车轮子，
男孩的父亲是卡车司机，
卡车卸空了

停在旷野上。
父亲走到车外，被落日的一声不吭的美惊呆了。
他挂掉响个不停的行动电话，
对男孩说：天边滚动的万事万物都有嘴唇，
但它们只对物自身说话，
只在这些话上建立耳朵和词。

Qui part qui reste

(Traduit du chinois par Chantal Chen-Andro)

Crépuscule, le garçon caché derrière une plante
Écoute en cachette les viscères des insectes. En fait, il entend
Le monde qui leur est extérieur : les viscères de la machine.
Le soleil couchant sous ses pieds roule telle roue de camion,
Le père du garçon est le conducteur,
Mais le camion est vide, arrêté en rase campagne.
Le père dépasse le camion,
Il reste stupéfait devant la splendeur muette du couchant.
Il éteint son téléphone portable qui sonne tout le temps,
Dit au garçon : « Tout ce qui roule à l'horizon a des lèvres,
Mais elles ne s'adressent qu'aux choses elles-mêmes,
Ne font qu'édifier sur ces paroles oreilles et mots. »

男孩为否定物的耳朵而偷听了内心的耳朵。
他实际上不在听，
却意外听到了一种完全不同的听法——
那男孩发明了自己身上的聋，
他成了飞翔的、幻想的聋子。
会不会在凡人的落日后面
另有一个众声喧哗的神迹世界？
会不会另有一个人在听，另有一个落日
在沉落？

哦踉跄的天空

大地因没人接听的电话而异常安静。
机器和昆虫彼此没听见心跳，

Pour nier les oreilles des choses le garçon en cachette
a écouté l'oreille intérieure.
En fait il n'écoutait pas,
Pourtant, surpris, il a entendu un mode d'audition autre…
Il avait inventé sa propre surdité,
Devenant ce sourd qui tournoie, qui rêve.
N'y aurait-il pas, derrière le soleil couchant du vulgaire
Un monde de prodiges vociférant de bruits ?
Un autre qui écoute, un autre couchant qui sombre ?
Ô ce ciel chancelant
Grâce aux appels téléphoniques restés sans réponse
La terre est si tranquille.
Machines et insectes n'ont pas entendu
Battre leurs cœurs respectifs,

植物也已连根拔起。

那小男孩的聋变成了梦境，秩序，乡音。

卡车开不动了

父亲在埋头修理。

而母亲怀抱落日睡了一会，只是一会，

不知天之将黑，不知老之将至。

Déjà la plante est arrachée et ses racines avec.
La surdité du garçon devient songe, ordre, accents du terroir.
Le camion ne peut plus démarrer,
  Le père s'efforce de réparer.
La mère, le soleil couchant dans les bras, dort un instant, un tout petit instant,
Sans savoir que la nuit va tomber, que la vieillesse approche.

张如凌

1956年出生于四川成都，法籍华裔当代诗人。

年少时即开始写诗。高中毕业后曾在自行车厂工作。1977年恢复高考后，考入南京师范大学中文系，后赴美国斯坦福大学和法国巴黎大学攻读比较文学博士。曾受聘担任复旦大学及南京师范大学客座教授。

作为法国著名建筑公司的艺术总监，张如凌参与过北京国家大剧院、上海浦东国际机场和上海大剧院等建设项目。她还组织策划过多场诗歌朗诵会和画展。

张如凌的诗歌曾发表于《上海文学》《上海诗人》《星河》等文学刊物，并被收录于诗歌评论家骆寒超所著的《骆寒超诗论选集》中。迄今她已出版《中国红》《法国蓝》《灵魂的门，虚掩着》《放逐的灵魂》和《寒夜的幻想》等八部双语诗集。

她的诗歌洁净而典雅，同时富有力量，时而尖锐。她质疑宇宙的起源和生命的基本价值，其诗歌蕴含对灵魂的思考和追问，对生命归宿的探究和对终极价值的仰望。

她是法国国家功勋军官勋章的获得者，也是图卢兹诗歌学院院士。

Zhang Ruling née en 1956 à Chengdu (Sichuan), est une poétesse contemporaine franco-chinoise.

Elle compose des poèmes depuis son plus jeune âge. Après le lycée, elle travaille dans une manufacture de bicyclettes. En 1977, après la reprise des examens d'entrée, elle est admise à l'Université normale de Nankin dans le département de littérature chinoise. Elle effectue ses études doctorales en littérature comparée à l'université Stanford en Californie et à l'Université de Paris. Elle est professeure invitée à l'université Fudan et à son *alma mater*.

Directrice artistique de cabinets d'architectes français, elle participe aux projets du Grand Théâtre national (Opéra) de Pékin, de l'aéroport international de Shanghai Pudong et du Grand Théâtre (Opéra) de Shanghai. Elle organise régulièrement des récitals de poésie et des expositions de peinture.

Ses poèmes sont publiés dans des revues littéraires telles que *Littérature de Shanghai*, *Poètes de Shanghai*, *Galaxy*. Elle figure dans l'*Anthologie des poètes chinois contemporains* du critique Luo Hanchao. Elle publie ses recueils en version bilingue : *China Red*, *French Blue*, *Bleu de France*, *Mon âme... ta porte restée entrouverte*, *Soul in exile* et *Fantaisie des nuits froides*.

Sa poésie est pure et élégante, et en même temps puissante et parfois tranchante. Elle s'interroge sur l'origine de l'univers et les valeurs fondamentales de la vie. Ses poèmes nous invitent à un questionnement sur l'âme, à l'exploration des destinées de la vie et à la recherche de sa valeur ultime.

Elle est officier de l'ordre national du Mérite et maître ès jeux de l'Académie des Jeux floraux de Toulouse.

寄居的灵魂

灵魂寄居在躯壳内
黑暗中，羞涩着，爱恋
肉身。沉默不语，孤芳自赏
阳光下，醒悟着，思想
另一个灵魂。从容自若，袒露心声
逆境中，隐忍着，传承
古老的习俗。缝隙中苟延，恒久藏匿

灵魂寄居在体内
岁月的磨难，色欲的囚禁
有时，也迷惘于美艳的诱惑
有时，在陷阱和深渊中彷徨

Une âme résidante

(Traduit du chinois par l'auteur)

L'âme réside dans le corps
Timidement, de nuit, elle tombe amoureuse
De la chair. Silencieuse et narcissique
Pleinement consciente, elle observe de jour
L'autre âme, reste sereine et imperturbable
Face aux épreuves, héritière des traditions ancestrales
Elle se prive, survit dans une fissure, se cachant perpétuellement

L'âme réside dans le corps
Tourmentée par le temps, privée de voluptés
Parfois séduite par des beautés frivoles
Parfois égarée au milieu des pièges et des abîmes

有时，又会虚伪慌乱地窥视
另一个崇高灵魂的走向
执意去证实一种忠诚

其实，灵魂寻找肉身寄托
是原始繁衍的天经地义
而灵魂要追寻共鸣的心声
不在于海誓山盟的承诺
而需前世今生的修行及情缘
是灵魂深处追逐的幻想
久久坚守的一种精神

Parfois scrutant hypocritement
L'autre belle âme passant par là
Déterminée à éprouver sa loyauté

En vérité, l'âme cherche la consolation de la chair
C'est une pulsion primitive et éternelle
Mais quand deux âmes se font écho
Elles n'exigent pas de serment solennel
Toutes leurs fautes expiées, passées et présentes,
Le destin peut enfin les réunir
Toute âme poursuit ce rêve
Et cherche ainsi à se tenir au plus haut d'elle-même

有时，灵魂的呼唤
可以叩响群山
能使冰山融化
能使火山喷发
有时，灵魂的转世
可以穿透时空
跨过高原冰川
一瞬苍宇人间

更有时，灵魂飘逝得再久远
人类忘与不忘，念与不念
它都无怨地栖居世间

Parfois, les appels de l'âme
Résonnent dans les montagnes
Provoquent la fonte d'énormes icebergs
Ou déclenchent une éruption volcanique
Parfois, la réincarnation de l'âme
Traverse le temps et l'espace
Survole plateaux et glaciers
Jusqu'à s'attarder entre ciel et terre

Et parfois, où que flotte l'âme
Qu'on l'oublie ou que l'on se souvienne d'elle
Elle demeure parmi nous, sans regrets

救赎苦难的心灵
疗愈疼痛的伤痕
正如仓央嘉措的灵魂
四百年来始终飘悠于尘世
神秘，凄美，不可逾越

如此圣洁高贵的灵魂
寄居现代人的体内
不想城池的浮夸虚荣
只温故美妙的人间旧事
该是何样梦幻的魅惑情怀

Rachetant les cœurs meurtris
Cicatrisant les plaies douloureuses
À l'image de l'âme de Cangyang Jiacuo
Volant dans le monde des mortels pendant quatre cents ans
Mystérieuse, tristement belle, jamais surpassée

Une telle âme, noble et sacrée
Réside dans le corps de nos contemporains
Sans désirer de vaine gloire
Se souvenant seulement des jours heureux
Quel fascinant rêve sensuel

灵魂与肉体自由放逐远游
揉碎惆怅，揉碎悲伤
揉碎人间凡尘的苦难与陈腐
让胆怯和卑微
世俗和名利
都变成无声无息的弦音
留在唇齿间柔美如初的亲吻

L'âme et le corps voyagent à leur gré
Déchirant mélancolie et tristesse
Brisant toutes les douleurs et vulgarités de ce monde
Ils transforment timidité et faiblesse
Vanité et gloire
En sons de cordes silencieux
Et laissent leurs tendres baisers
S'attarder pour toujours sur leurs lèvres

吉狄马加

彝族，1961 年生于四川凉山。中国当代诗人和作家。

吉狄马加毕业于西南民族学院中文系，1995 年任中国作家协会书记处书记，兼任《民族文学》主编。曾担任政府要职：2006 年任青海省人民政府副省长，2010 年任青海省委常委、宣传部部长，2015 年出任中国作家协会副主席。

曾出版《遗忘的词》《从雪豹到马雅可夫斯基》《鹰的诞生和死亡》《彝人之歌》《火焰上的辩词：吉狄马加诗文集》《献给妈妈的二十首十四行诗》等众多诗集和散文集。

吉狄马加坚信诗歌是表达人类精神世界的语言，他深受彝族文化熏陶，在诗歌中书写人与人、人与动物、人与自然之间或和谐或敌对的关系。

他组织了“青海湖国际诗歌节”等众多国际诗歌活动。他的诗歌享誉世界，已被翻译成近四十种语言。他曾荣获郭沫若文学奖、剑桥银柳叶诗歌终身成就奖、布加勒斯特城市诗歌奖、肖洛霍夫纪念文学奖等国内外重要文学奖项。

134

135 **Jidi Majia** du groupe ethnique Yi, né à Liangshan (Sichuan) en 1961, est un poète et écrivain contemporain chinois.

Il est diplômé du département chinois de l'Université des Minorités du Sud-ouest. Il devient membre du secrétariat de l'Association des écrivains chinois en 1995, et rédacteur en chef de la revue *Littérature ethnique*. Il occupe d'importantes fonctions gouvernementales : vice-gouverneur de la province du Qinghai en 2006, membre du comité permanent du comité du Parti de la province du Qinghai en 2010. En 2015, il devient vice-président de l'Association des écrivains chinois.

Jidi Majia a publié de très nombreux recueils de poésie et ouvrages en prose, dont *Mots oubliés*, *Du Léopard des neiges à Maïakovski*, *La naissance et la mort de l'aigle*, *Le chant du peuple Yi*, *Paroles de feu : recueil de poèmes et d'essais de Jidi Majia*, *24 sonnets dédiés à ma mère*.

L'œuvre de Jidi Majia, c'est la confiance absolue, résolue dans le pouvoir de la poésie comme espéranto de l'âme humaine. Fortement imprégné par la culture du peuple Yi, il écrit sur les relations harmonieuses ou hostiles entre les personnes, entre les humains et les animaux, et entre les humains et la nature.

Jidi Majia organise de nombreux événements poétiques internationaux, tels que le Festival international de poésie du lac Qinghai. Mondialement réputé, il est traduit dans une quarantaine de langues. Il reçoit d'importants prix littéraires, tant en Chine qu'à l'étranger, comme le prix littéraire Guo Moruo, le Silver Willow Leaf Poetry Award de l'université de Cambridge, le Prix de poésie de la ville de Bucarest, la médaille commémorative de littérature Sholokhov.

从摇篮到坟墓

从摇篮到坟墓
时间的长和短
没有任何特殊的意义
但这段距离
摇篮曲不能终止
因为它的长度
超过了世俗的死亡

你听那原始的声音
从母亲的喉头发出
这声调压过了所有的舌头

Du berceau à la tombe

(Traduit du chinois par Françoise Roy)

Du berceau à la tombe,
Le temps écoulé, que la période soit longue ou courte,
N'a aucune signification particulière,
Mais durant ce laps de temps,
Il y a une berceuse qui n'a pas de cesse,
Car elle continue à sonner
Par-delà la mort terrestre.

Écoutez le son primal
Sortir de la gorge de la mère,
Vibrant en tonalités surpassant n'importe quelle langue.

在群山和太阳之间
穿越了世代火焰的宇宙
通向地狱和天堂的门
虽然都已经被全部打开
但穹顶的窗户，却为我们的
归来，标明了红色的箭头
在这大地上，只有摇篮曲
才让酣睡的头颅和肋骨
甜蜜自由，没有痛苦

那突然的战栗和疯狂
让遥远的星星光芒散尽

Entre les montagnes se dressant au loin et le soleil,
À travers les flammes d'époque du cosmos
Conduisant aux portes du paradis et de l'enfer
– même lorsque celles-ci sont grandes ouvertes –,
Une flèche rouge nous signale la direction du retour
À une fenêtre accrochée là-haut sur la voûte céleste.

À la grandeur de la vaste Terre, seule une berceuse
Peut faire sombrer notre crâne et notre cage thoracique
Dans un doux sommeil, sans douleur,
Sans tressaillement, sans frénésie soudaine
Capable de brouiller des rayons d'étoiles au loin.

因为母亲的双手
那持续的晃动，会让
我们享受幸福的一生
当我们躺在——
墓地的火焰之上
仍然是母亲的影子
在摇篮旁若隐若现

Ce sont les bras d'une mère,

Et c'est leur bercement, qui nous favorisent

Et nous couvrent de bénédictions la vie durant.

Lorsque je m'allonge –

Dans les flammes d'un terrain de crémation,

Cette ombre que l'on voit encore scintiller

Sera la présence de Maman à côté de mon berceau.

从摇篮到坟墓
只有母亲的手
还紧紧地牵着我们
从摇篮到坟墓
始终伴随着我们的
就是母亲的摇篮曲
我知道这个世界上
再没有什么别的声音
——能比她的吟唱
更要动人，更要美好！

Et il n'y a que la main de ma mère
Qui se refermera sur la mienne tout au long de la route,
Du berceau à la tombe ; et comme toujours,
Ce sera la berceuse que chantait Maman
Qui me tient sans cesse compagnie.
Je sais que dans ce bas-monde,
Il ne pourrait y avoir aucun son
Plus émouvant et plus merveilleux
Que les doux accords de la chanson qu'elle entonne.

西川

原名刘军，1963 年出生于江苏徐州，中国当代诗人、散文家、翻译家。

1981 年考入北京大学西语系英语专业，加入了北京大学“五四学社”，与海子、骆一禾结识成友，并称为“北大三剑客”。毕业后被分配至新华社国际部，后又转至新华社下属的《环球》杂志工作。1988 年与友人创办民间诗刊《倾向》。1989 年海子与骆一禾相继去世之后，西川整理出版了海子的作品。

曾任中央美术学院人文学院教授、校图书馆馆长，现为北京师范大学特聘教授、日本东京城西国际大学客座教授，翻译了埃斯拉·庞德、豪尔赫·路易斯·博尔赫斯、切斯瓦夫·米沃什等人的著作。

西川著有多部诗集、散文集和诗论，代表作品集有《中国的玫瑰》《隐秘的汇合》《深浅》《个人好恶》，还著有文集《北宋：山水画乌托邦》等。曾获《十月》文学奖、“现代汉诗奖”、鲁迅文学奖、东京诗歌奖等重要奖项。他的诗歌被翻译为多国语言介绍至欧洲和日本。

西川的诗歌源自生活却又超越日常，既有古典的厚重，也有现代的精神实质；“陌生化”了日常生活，解构了时间，富有荒诞色彩。

Xi Chuan de son vrai nom Liu Jun, né en 1963, à Xuzhou (Jiangsu), est un poète, essayiste et traducteur contemporain chinois.

En 1981, il est admis au collège d'anglais de l'Université de Pékin. Il rejoint l'Association du 4 Mai et se lie d'amitié avec Hai Zi et Luo Yihe, formant les « Trois Mousquetaires de l'Université de Pékin ». Diplômé, il est affecté au département international de l'agence de presse Chine nouvelle (Xinhua), puis transféré au magazine *Globe*. En 1988, il fonde avec ses amis le magazine de poésie *Tendances*. Hai Zi et Luo Yihe meurent en 1989. Il se charge de publier les œuvres de Hai Zi.

Il rejoint l'École des sciences humaines de l'Académie centrale des beaux-arts, dont il devient directeur de la bibliothèque. Il est professeur émérite de l'Université normale de Pékin et professeur invité à l'université internationale Josai de Tokyo. Il traduit Ezra Pound, Jorge Luis Borges, Czeslaw Milosz.

Il est l'auteur de nombreux recueils de poésie, d'essais et de théories poétiques. Parmi ses recueils figurent *Roses de Chine*, *Convergences secrètes*, *Profondeurs et superficialités*, *Préférences personnelles*. Citons également son essai *La dynastie des Song du Nord : Utopie de la peinture de paysage*. Il remporte d'importants prix littéraires tels que le prix littéraire *Octobre*, le Prix de poésie chinoise moderne, le prix littéraire Lu Xun, le prix de poésie de la Ville de Tokyo. Ses poèmes ont été traduits en Europe et au Japon.

Dans un style souvent prosaïque, montrant des affinités avec la fable classique, il « défamiliarise » le quotidien, déstructure le temps, jouant sur le registre de l'absurde.

回声

一个人，犹如一座城市
是一片回声

砖石垒叠而起如层层海浪推远
雾色在清晨和黄昏都很凝重

那些高耸着的钢铁栅栏围护四方
谁曾在其中放牧牛羊？

在木叶相合的地方
男女相遇

L'écho

(Traduit du chinois par Chantal Chen-Andro)

Un être, comme une ville
Est chambre d'échos

Pierres et briques empilées sont vagues repoussant les lointains
À l'aube, au crépuscule dense est la brume

De hautes clôtures d'acier cernent et protègent un espace
Qui, jadis, y faisait paître vaches et moutons ?

Là où confluent les feuilles mortes
L'homme et la femme s'aiment

在寂寞侵入石头的地方
世界唯回声永存

这蔚蓝色的柱石上
一层一层织满铜丝般的藤蔓

在幽暗的房间里
女人采回的果实中有音乐声回旋

我坐在一群老鼠之中
感受到大雪静静地飘落

Là où le silence pénètre la pierre
En ce monde seul l'écho perdure

Sur la colonne de pierre azurée
Des strates de lianes se tissent tels fils de cuivre

Dans la chambre obscure
Dans les fruits cueillis par les femmes tourne une musique

Assis parmi les rats
Je sens voltiger la neige en silence

城上的积雪和高风
把一些人就此埋没——

灵魂化为
子夜峡谷中披衣的守望者

而这里，一片回声
搭起的城市，我们把脚
埋进冰凉的水泥和沙子
转身咳出血痰，重操旧业

Sur la ville la neige amassée, le vent des sommets,
Sur place ont enseveli des gens...

L'âme se fait,
Au ravin de minuit, garde en peignoir de bain

Mais ici, ville édifiée
Par l'écho, nous enfonçons nos pieds

Dans le ciment et le sable glacés, nous détournant
Pour cracher du sang, reprendre l'ancien métier

海子

原名查海生，1964 年生，安徽怀宁人，1989 年去世。

海子考入北京大学时年仅 15 岁。大学期间才华横溢，开始发表文章并创作诗歌。19 岁毕业后被分配至中国政法大学哲学教研室工作。

从 1982 年至去世前不到 7 年的时间，海子创作了 250 首短诗、400 页长诗，以及小说、论文和札记等作品。诗歌《亚洲铜》《阿尔的太阳》获北京大学五四文学大奖特别奖。其代表作品还有《以梦为马》《四姐妹》《黑夜的献诗——献给黑夜的女儿》《传说》《河流》《神秘故事六篇》等。

海子使用令人目眩，充满表现力和戏剧张力的语言来探索精神和神圣的世界，以及爱、生与死的永恒主题。他的诗歌创作富有神秘主义色彩，深受中国古典和现代文学、西方哲学和现代艺术的影响。作为一位现代浪漫主义诗人，他广受年轻人的喜爱。

25 岁时，海子在山海关的铁道上卧轨自杀。他在作品中不断提及死亡，或许生前饱受孤独、抑郁和幻觉的折磨。好友西川编辑了他的短诗、统一了所有手稿，并于 1997 年出版了《海子诗全编》。

152

153 **Hai Zi** de son vrai nom Zha Haisheng, est né à Huaining (Anhui) en 1964 et mort en 1989.

Il est admis à 15 ans à la faculté de droit de l'Université de Pékin. Étudiant brillant, il publie des articles, écrit de la poésie, obtient son diplôme à 19 ans et devient professeur à l'Université de science politique et de droit de Chine.

En moins de sept ans, de 1982 jusqu'à sa mort, il compose 250 poèmes courts, 400 pages de poèmes longs, écrit des nouvelles, des romans, des essais et des pièces de théâtre. Il remporte le prix spécial du prix de littérature du 4 Mai de l'Université de Pékin pour *Cuivre asiatique* et *Le soleil d'Arles*. Ses autres œuvres majeures sont : *Comme des rêves de chevaux*, *Les quatre sœurs*, *Vers la nuit – dédié à la fille de la nuit*, *Légende*, *La rivière*, *Six histoires mystérieuses*.

Il utilise un langage éblouissant, expressif et dramatique pour explorer le monde spirituel et divin, et les thèmes éternels de l'amour, de la vie et de la mort. Empreinte de mysticisme, sa création poétique est influencée par la littérature classique et moderne chinoise, et par la philosophie et l'art moderne occidentaux. Poète romantique moderne, il est très apprécié par la jeune génération.

Il se suicide à 25 ans en se couchant sur les rails, à Shanhaiguan. Dans son œuvre, les références à la mort sont constantes, et Hai Zi souffrait d'isolement, de dépression et d'hallucinations. Son ami poète, Xi Chuan, regroupe tous ses manuscrits et publie *La collection complète des poèmes de Hai Zi* en 1997.

姐姐，今夜我在德令哈

姐姐，今夜我在德令哈，夜色笼罩
姐姐，我今夜只有戈壁

草原尽头我两手空空
悲痛时握不住一颗泪滴
姐姐，今夜我在德令哈
这是雨水中一座荒凉的城

除了那些路过的和居住的
德令哈……今夜
这是唯一的，最后的，抒情。
这是唯一的，最后的，草原。

Grande sœur, ce soir, je suis à Delingha

(Traduit du chinois par Shanshan Sun et Anne-Marie Jeanjean)

Grande sœur, ce soir, je suis à Delingha, couleur du crépuscule
Sœur, pour moi seulement le désert

Au bout de la steppe les deux mains vides, vides
Triste à ne pas retenir une larme
Grande sœur, ce soir, je suis à Delingha
Journée de pluie dans une ville isolée

Hormis quelques rares passants
Delingha... ce soir
Seul dernier possible pour s'exprimer
Seule et dernière steppe

我把石头还给石头
让胜利的胜利
今夜青稞只属于她自己
一切都在生长
今夜我只有美丽的戈壁 空空
姐姐，今夜我不关心人类，我只想你

Je vais rendre la pierre à la pierre
Laisser la victoire à la victoire
Ce soir le blé tibétain appartient seulement à lui-même
Tout va déjà s'accroissant

À moi ce soir, seulement la vacuité d'un beau désert
Grande sœur, ce soir je ne m'occupe pas de l'humanité,
je pense seulement à toi.

臧棣

原名臧力，1964年出生于北京，中国当代诗人。

1983年考入北京大学中文系，1997年获得北京大学文学博士学位，曾为美国加州大学戴维斯分校访问学者，现为北京大学中文系副教授、北京大学中国诗歌研究院研究员、《新诗评论》杂志编委。

著有《燕园纪事》《空城计》《沸腾协会》《诗歌植物学》等多部诗集。曾编写《里尔克诗选》《北大诗选》，主编《千高原诗丛》等。

曾获得"华语文学传媒大奖·年度诗人奖"、"中国当代十大杰出青年诗人"、2000年度《作家》杂志诗歌奖和鲁迅文学奖诗歌奖等众多荣誉。

臧棣经常被描述为一位前卫诗人，他的诗歌在语言、形式、想象力等方面都有积极探索，并常透过现实书写存在与命运。他对生活的洞察力、对生命的关怀、对神秘的求索使其诗歌集智性、感性为一体，展现了诗歌所能呈现的世界的深度与广度。

Zang Di de son vrai nom Zang Li, né à Pékin en 1964, est un poète contemporain chinois.

En 1983, il est admis au département de langue et littérature chinoises de l'Université de Pékin. Il obtient en 1997 un doctorat en littérature dans cette même université. Il est chercheur invité à l'Université de Californie à Davis, et actuellement professeur agrégé du département de chinois et chercheur de l'Institut de poésie chinoise de l'Université de Pékin. Il est membre du comité de rédaction du magazine *Commentaires sur nouvelle poésie*.

Il est l'auteur de nombreux recueils de poésie, parmi lesquels *Chroniques de Yanyuan*, *Stratégie de la ville vide*, *Association bouillante*, *Poétique botanique*. Il écrit et publie des anthologies telles que *Poèmes sélectionnés de Rilke* et *Poèmes sélectionnés de l'Université de Pékin*, *Une collection de poèmes sur mille plateaux*.

Il remporte de nombreux prix comme le Prix du poète de l'année (prix des médias littéraires chinois), Les dix meilleurs jeunes poètes de la Chine contemporaine, le prix de poésie 2000 du magazine *Writer* et le prix littéraire Lu Xun.

Souvent qualifié de poète avant-gardiste, il explore activement et avec une grande maîtrise technique les limites du langage et de la forme, il taquine l'imagination par ses associations et jeux de mots. Il aborde les thèmes de l'existence et du destin au travers de la vie réelle. Sa vision de la vie et son exploration du mystère de la vie apportent à sa poésie beaucoup d'intelligence et de sensibilité, révélant la profondeur et l'étendue du monde que la poésie peut exprimer.

蘑菇丛书

悲观主义者很少会爱上蘑菇，
或像你那样，忠实于蘑菇带给你的感觉。
常识告诉你，没背叛过虚无的人
不会有兴趣了解蘑菇的精神——
它们的翻滚，甚至比肉体做得还好。

它们翻滚在平底锅里，翻滚在你的喉舌深处。
柔滑，鲜嫩，丝毫也不惧怕你
会夺走它们的一切。凡乐观主义者能想到的真理，
它们都会给出一种形状。凡你想隐瞒的事，
它们都能给予最深切的谅解。

La collection de champignons

(Traduit du chinois par Shanshan Sun et Anne-Marie Jeanjean)

Rares sont les pessimistes à être amateurs de champignons,
Ainsi tu leur es fidèle car ils réunissent corps et sentiments.
À travers sa culture générale, qui n'a pas perçu des hommes le néant,
Ne peut avoir intérêt à connaître l'esprit des champignons
Même en se rétractant leur chair reste savoureuse.

Fond de récipient comme fond de gorge, ils se tournent
Glissent doucement, frais, tendres – sans peur du tout – de toi
Qui pourtant peux tout leur ôter. D'aucuns, ordinairement optimistes, peuvent avoir songé à une vérité à laquelle ils donnent une sorte de forme.
Habituellement, tu veux te dissimuler certaines choses.
Eux, peuvent donner la plus juste et profonde des excuses.

它们闻到了小鸡肉的味道。
它们喜爱大蒜和西兰花签下的合同。
它们撑开的伞降落着，降落着，直到在你心里
变成了一个营养丰富的小神。
消失和消化的区别也许

没有你想得那么大。在消失之前，
他从里面递出一份新菜谱，
请求下一次你能更耐心地咀嚼
蘑菇身上的暗示。还从未过一种暗示
比它们更接近宇宙的暗示。

Ils ont un goût de jeune coquelet.
Surtout s'ils ont signé contrat avec l'ail et le brocoli.
Ils s'exhalent alors et chutent jusqu'au cœur, chutent
Devenant nourriture de petit dieu.
Pas grande différence entre disparaître et digérer.

Ne pas avoir de hautes pensées avant même qu'ils aient disparu,
Eux, de l'intérieur, vont faire apparaître une autre carte,
Comme demander la prochaine fois à être mâchés, digérés plus patiemment en méditant
Ce qui est suggéré par la chair du champignon n'est encore qu'une vague allusion.
En comparant plus encore, ils te feront approcher bien d'autres univers et suggestions.

胡弦

1966 年生于江苏铜山，中国当代诗人、散文家。

先后做过教师、报社记者、编辑，现为《扬子江诗刊》主编、中国作协全委会委员、中国诗歌学会副会长和江苏省作协副主席。

胡弦自二十世纪九十年代开始写作，在《人民文学》《诗刊》等刊物上发表大量诗歌，著有《阵雨》《沙漏》等多部诗集和《永远无法返乡的人》《风的嘴唇》等散文集。

其作品被翻译成英语、法语、俄语和西班牙语出版。曾获闻一多诗歌奖、徐志摩诗歌奖、鲁迅文学奖、剑桥银柳叶诗歌奖等重要诗歌奖项。

胡弦的诗歌既书写现实，也观照历史，常透过具体、极富生活气息的事物来呈现个人经验，并以此窥探生存的价值与生命的意义。他的诗歌为微小事物赋予了诗性，为日常生活赋予了意义，充满人文情怀。

Hu Xian né à Tongshan (Jiangsu) en 1966, est un poète et essayiste contemporain chinois.

Il travaille comme enseignant, journaliste et rédacteur en chef du magazine de poésie *Yangzi*. Il est actuellement membre du Comité national de l'Association des écrivains chinois, vice-président de la Société de poésie chinoise, vice-président de l'Association des écrivains du Jiangsu.

Il écrit depuis les années 1990 et publie ses poèmes dans des revues telles que *Littérature populaire* et *Poésie*. Il est l'auteur de nombreux recueils de poésie tels qu'*Averses*, *L'horloge de sable*, et des recueils d'essais comme *L'homme qui ne pourra jamais revenir chez lui*, *La lèvre du vent*.

Ses œuvres sont publiées en anglais, français, russe et espagnol. Il remporte de nombreux prix de poésie comme le prix Wen Yiduo, le prix Xu Zhimo, le prix littéraire Lu Xun et le Silver Willow Leaf Poetry Award de l'université de Cambridge.

Son écriture poétique ne s'inspire pas seulement de la réalité, mais aussi de l'histoire. Il présente souvent son expérience personnelle à travers des objets concrets et vivants, et l'utilise pour explorer la valeur de l'existence et le sens de la vie. Ses poèmes donnent un caractère poétique aux petites choses et un sens à la vie quotidienne, et sont porteurs de sentiments humanistes.

蝴蝶（节选）

蝴蝶在飞。
带着蝴蝶的念头。

蝴蝶离去。
看似空无一物的空白中，
有了难以察觉的内容。

飘忽，但准确，
这是蝴蝶的方式：
突然转向；或在
一连串闪回中将风暴提走。

Le papillon (extraits)

(Traduit du chinois par Shanshui Ruge)

Le papillon vole,
Avec l'idée de papillon.

Le papillon s'éloigne.
Dans le vide apparemment vide,
Apparaît du contenu imperceptible.

Insaisissable, mais précis,
C'est la manière d'un papillon :
Pivoter tout d'un coup, ou
Emporter une tempête dans une série de flashbacks.

静立：为方便
风的阅读，一枚书签微微
斜着身子。

当它扇动翅膀，情节
全乱了。有个读者困在其中，
扑动着，想要
从迷宫深处摆脱出来。

蝴蝶在飞，星球
在它翅膀下向后滚动。

Immobile : pour faciliter
La lecture du vent, un marque-page
S'incline légèrement.

Quand il bat des ailes, l'intrigue devient
Confuse. Le lecteur est pris au piège.
En se débattant, il tente de
S'échapper des profondeurs du labyrinthe.

Le papillon vole, la planète
Roule en arrière sous ses ailes.

当它落下，当那些
庞大之物意识不到它的在场，才开始
自行转动。

蝴蝶在飞，
回忆需要征得时间同意。
而面具是必要的，它保证了
沉默者回到众人中间时
不为人知。

蝴蝶合翅，
它还不曾确定什么。

Quand il se pose, et que les choses gigantesques
Sont inconscientes de sa présence, elles commencent
Alors à tourner toutes seules.

Le papillon vole.
S'en souvenir demande l'assentiment du temps.
Et un masque est nécessaire, car il assure
La discrétion
Quand le silencieux retourne dans la foule.

Le papillon replie les ailes,
Il n'a encore rien confirmé.

蝴蝶合翅，音乐带着安慰，
倾听者在分析得到的安慰。
钟表挥霍时间，
拖后出场的人避开了命运。

蝴蝶合翅。某种
从我们生活中被拖走的东西，
已经得到很好的看护。

蝴蝶合翅，
两岸离去，树林离去，
许多事物消失，
唯有蝴蝶无处可去。

Le papillon replie les ailes, la musique porte du réconfort,
L'auditeur apprécie le réconfort reçu.
L'horloge gaspille le temps,
Le retardataire évite la fatalité.

Le papillon replie les ailes. Certaines choses
Enlevées à notre vie
Sont bien conservées.

Le papillon replie les ailes,
Les rives sont parties, les bois sont partis,
Tellement de choses ont disparu,
Seul le papillon n'a nulle part où aller.

蝴蝶在飞，神话无用。
——蝴蝶的翅膀越来越薄。
那从思索里
抬起头的人，眼望蝴蝶
如眼望一张处方笺。

看见蝴蝶，
就看见了另外的生活。

看见蝴蝶，人呀，
你已度过了你的一生。

Le papillon vole, le mythe n'a pas d'utilité.
– Les ailes du papillon s'amincissent.
Celui qui lève la tête de sa pensée,
Contemple le papillon
Comme un carnet d'ordonnances.

Voir un papillon,
C'est avoir vu une autre vie.

Voir un papillon, ô humain,
C'est avoir vécu toute votre vie.

李少君

1967 年生，湖南湘乡人，中国当代诗人、作家。

1989 年毕业于武汉大学新闻系，1998 年加入中国作家协会，曾任海南省作家协会副主席、海南省文联副主席、《天涯》杂志主编，现为《诗刊》主编，中国作家协会诗歌委员会委员。

著有诗集《神降临的小站》《每一次的诞生都是痛苦：李少君诗选 1980—2022》《自然集》《草根集》《海天集》等，另有小说《九十年代的收获与缺憾》，随笔集《失踪的生活》等。

李少君偏好通过书写自然来展现人性与神性，这种独特的创作风格使他成为公认的“自然诗人”，而人性的呈现是他的诗歌虽清澈冷冽，却又带有尘世温度的重要原因。李少君的诗歌不仅语言精妙，诗歌结构也同样出彩。

176

177 **Li Shaojun** né en 1967 à Xiangxiang (Hunan), est un poète et écrivain contemporain chinois.

Diplômé du département de journalisme de l'Université de Wuhan en 1989, il rejoint l'Association des écrivains chinois en 1998. Il est vice-président de l'Association des écrivains du Hainan, puis vice-président de la Fédération des cercles littéraires et artistiques du Hainan et rédacteur en chef de la revue *Tianya*. Il est actuellement rédacteur en chef de la revue littéraire *Poésie* et membre du Comité de poésie de l'Association des écrivains chinois.

Il écrit des recueils de poésie, parmi lesquels *Petite station où descendent les dieux*, *Chaque naissance est douleur : sélection de poèmes de Li Shaojun 1980-2022*, *Nature*, *Racines*, *Mer et ciel*, le roman *Les gains et les inconvénients des années 1990*, des recueils d'essais comme *La vie manquante*.

Il exprime l'humanité et la divinité à travers l'écriture sur la nature. Ce style créatif unique fait de lui un « poète de la nature » reconnu. Ses poèmes où il dépeint la nature humaine sont d'une grande clarté, un peu froids au premier abord, mais il en émane de la chaleur humaine. Le langage poétique de Li Shaojun est raffiné, et sa structure poétique est également remarquable.

神降临的小站

三五间小木屋
　泼溅出一两点灯火
我小如一只蚂蚁
今夜滞留在呼仑贝尔大草原中央
　的一个无名小站
独自承受凛冽孤独但内心安宁

Petite station où descendent les dieux

(Traduit du chinois par Dong Qiang)

Trois ou cinq petites cabanes
Quelques étincelles de feux des lanternes
Je suis aussi petit qu'une fourmi
Échoué ce soir au milieu de la grande steppe de Hulunbuir
À une petite station anonyme
Seul à affronter le froid et la solitude mais je suis en paix

背后，站着猛虎般严酷的初冬寒夜
再背后，横着一条清晰而空旷的马路
再背后，是缓缓流淌的额尔古纳河
　　在黑暗中它亮如一道白光
再背后，是一望无际的简洁的白桦林
　　和枯寂明净的苍茫荒野
再背后，是低空静静闪烁的星星
　　和蓝绒绒的温柔的夜幕
再背后，是神居住的广大的北方

Derrière, se tient la dure nuit d'hiver, debout, aussi féroce qu'un tigre
Et derrière, il y a une route nette et vide, de travers
Et derrière, la rivière Ernagou qui coule lentement
Dans le noir, elle brille telle une lumière blanche
Et derrière, c'est la forêt de bouleaux, sans fin et sombre
Et derrière, un champ sauvage, sec et clair
Et derrière, les étoiles scintillantes dans un ciel bas
Et le rideau doux et bleu de la nuit

Et derrière, le vaste Septentrion, où habitent les dieux.

陈先发

1967 年生于安徽桐城，中国当代诗人、作家。

1989 年毕业于复旦大学新闻学院。现为中国作家协会诗歌委员会副主任、安徽省文联主席。

曾出版《春天的死亡之书》《前世》《写碑之心》《九章》等多部诗集，以及长篇小说《拉魂腔》。

2008 年，获得中国年度诗人奖，2018 年获鲁迅文学奖，2021 年获剑桥银柳叶诗歌奖。他的一些诗歌被选入多所大学的通识教材，其作品还被译介至英、法、俄、西班牙、希腊等多个国家。

陈先发重视诗歌的哲学性与本土性，他的诗歌充满对于生死、有无等永恒性问题的思辩，诗歌语言质朴、浑厚，但又十分利落，早期诗歌风格抒情性很强，往后逐渐沉郁。

182

|

183 **Chen Xianfa** né à Tongcheng (Anhui) en 1967, est un poète et écrivain contemporain chinois.

Diplômé de l'école de journalisme de l'université Fudan en 1989, il est actuellement directeur adjoint du Comité de poésie de l'Association des écrivains chinois et président de la Fédération des cercles littéraires et artistiques de la province de l'Anhui.

Il a publié plusieurs recueils de poésie et de prose comme *Mort au printemps*, *Une vie passée*, *Le cœur de l'écriture d'une stèle*, *Neuf chapitres*, et un roman, *L'opéra voleur d'âmes*.

Il reçoit le Prix du poète de l'année (prix des médias littéraires chinois), le prix littéraire Lu Xun et le Silver Willow Leaf Poetry Award de l'université de Cambridge. Certains de ses poèmes figurent dans les manuels de nombreuses universités. Ses œuvres sont traduites en anglais, français, russe, espagnol et grec.

Il attache une grande importance à la philosophie et à l'ancrage local de la poésie. Ses poèmes sont pleins de spéculations sur des questions éternelles telles que la vie et la mort, l'existence et la non-existence. Son langage poétique est simple, riche, et aussi très soigné. Son style, très lyrique à ses débuts, devient ensuite de plus en plus mélancolique.

两种谬误

停电了。我在黑暗中摸索晚餐剩下的
半个橘子。
我需要她的酸味，
唤醒埋在体内的另一口深井。
这笨拙的情形，类似
我曾亲手绘制的一幅画：
一个盲人在草丛扑蝶。

盲人们坚信蝴蝶的存在，
而诗人宁可相信它是虚无的。
我无法在这样的分歧中
完成一幅画，

Deux genres d'illusions

(Traduit du chinois par Claude Tuduri et Zhang Junfen)

Une panne de courant et me voici dans l'obscurité
Parmi les restes du souper à la recherche
D'un hémisphère de mandarine.
Sa saveur acide m'est nécessaire
Pour réveiller du dedans
Le puits profond d'une autre part de mon corps.
Cette situation triviale ressemble
À une peinture exécutée de mes propres mains :
Un aveugle cherche à attraper un papillon
Perceptible parmi les herbes à ses battements d'ailes.

Les aveugles sont convaincus de l'existence du papillon
Mais les poètes préfèrent l'envoyer au pilon.
Au cœur d'un tel dilemme
Aucun tableau ne vient à finition,

停电正如上帝的天赋已从我的身上撤走
枯干的橘子
在不知名的某处，正裂成两半。

在黑暗的房间我们继续相爱，喘息，老去。
另一个我们在草丛扑蝶。
盲人一会儿抓到
枯叶，
一会儿抓到姑娘涣散的裙子。
这并非蝶舞翩翩的问题，
而是酸味尽失的答案。

La panne d'électricité résonnant en mon corps
Comme l'interruption de toute inspiration :
Une mandarine moisissant dans un lieu inconnu
Se laisse en deux parts mettre à nu.

Dans la pièce obscure, nous continuons
À nous aimer, vieillir et respirer.
Un autre que nous poursuit les papillons.
L'aveugle attrape tantôt
Des feuilles mortes
Tantôt la jupe relâchée d'une jeune fille.
Ce n'est vraiment pas le problème du papillon,
Qui danse, danse, vol véloce et léger
Si de sa question à notre réponse
Il y a la perte amère de toute saveur.

难道这也是全部的答案么？
假设我们真的占有一口深井像
一幅画的谬误，
在那里高高挂着。
我知道在此刻，即便电灯亮起，房间美如白昼，
那失踪的半个橘子也永不再回来。

En serait-il ainsi de toutes les réponses ?
Dans l'hypothèse qu'un puits
Avère en nous la profondeur,
La peinture là-bas suspendue si altière
Ne révélerait pas davantage
Que la méprise de toute ostentation.

Je sais qu'à cet instant précis, même éclairée d'une lampe,
La pièce est aussi purement belle qu'en plein jour :
Que jamais ne revienne le fruit moitié manquant.

Lithographie de Paul ANDREU 保罗·安德鲁石版画

中文参考书目

Bibliographie chinoise

中国社会科学院文学研究所 . 唐诗选 [M]. 北京 : 人民文学出版社 , 2003.
胡云翼 . 宋词选 [M]. 上海 : 上海古籍出版社 , 2017.
高峰 . 唐诗导读 [M]. 南京 : 南京师范大学出版社 , 2020.
高峰 . 宋词导读 [M]. 南京 : 南京师范大学出版社 , 2020.
李金发 . 李金发诗全编 [M]. 成都 : 四川文艺出版社 , 2020.
戴望舒 . 戴望舒诗 [M]. 杭州 : 浙江文艺出版社 , 2001.
艾青 . 艾青诗选 [M]. 北京 : 中国青年出版社 , 2019.
北岛 . 北岛作品精选 [M]. 武汉 : 长江文艺出版社 , 2011.
舒婷 . 舒婷诗 [M]. 武汉 : 长江文艺出版社 , 2021.
赵丽宏 . 疼痛 [M]. 北京 : 人民文学出版社 , 2016.
欧阳江河 . 欧阳江河的诗 [M]. 北京 : 人民文学出版社 , 2023.
张如凌 . 放逐的灵魂 [M]. 上海 : 上海人民出版社 , 2021.
吉狄马加 . 吉狄马加的诗 [M]. 北京 : 人民文学出版社 , 2018.
西川 . 小主意 [M]. 南京 : 江苏文艺出版社 , 2014.
海子 . 海子诗全集 [M]. 北京 : 作家出版社 , 2009.
臧棣 . 诗歌植物学 [M]. 南京 : 江苏凤凰文艺出版社 , 2021.
胡弦 . 空楼梯 [M]. 北京 : 中国青年出版社 , 2017.
李少君 . 神降临的小站 [M]. 北京 : 作家出版社 , 2016.
陈先发 . 写碑之心 [M]. 合肥 : 安徽教育出版社 , 2017.
骆寒超 . 骆寒超诗论选集 [M]. 上海 : 上海人民出版社 , 2017.

法文参考书目
Bibliographie française

Anthologie de la poésie chinoise, sous la direction de Rémi Mathieu, Éditions Gallimard, « Bibliothèque de la Pléiade » , 2015.

Jacques Pimpaneau, *Anthologie de la littérature chinoise classique*, Éditions Philippe Picquier, 2004.

François Cheng, *L'écriture poétique chinoise* suivi d'*Une anthologie des poèmes des Tang*, Éditions du Seuil, 1977, nouvelle édition refondue et corrigée par l'auteur, 1996.

Florence Hu-Sterk, *Ainsi bat l'autre cœur. Anthologie commentée de poèmes d'amour chinois*, Éditions You Feng, 2008.

André Markowicz, *Ombres de Chine*, Éditions Dernière Marge, 2015.

Le ciel en fuite. Anthologie de la nouvelle poésie chinoise, Éditions Circé, 2004, traduction de Chantal Chen-Andro.

Ouyang Jianghe, recueil *Qui part qui reste*, Éditions Caractères, 2015, traduction de Chantal Chen-Andro.

Xi Chuan, recueil *Le monstre*, Éditions Caractères, 2016, traduction de Chantal Chen-Andro.

Jidi Majia, recueil *Paroles de feu*, Éditions La Passe du Vent, 2019, traduction de Françoise Roy.

Anthologie de poésie chinoise. Modernité, 1917-1939 & 1987-2014, Éditions L'Harmattan, traduction de Shanshan Sun et Anne-Marie Jeanjean.

跋 Postface

《穿越诗歌的星空》是由“翰林诗歌院”精心选编的第一本双语诗选，它的问世令所有为之付出心血的人感到欣慰，我们也由衷希望它能获得读者们的喜爱。

“翰林诗歌院”是一所致力于诗歌创作和研究的新生机构，其命名灵感源自唐代的翰林院，目标是同样打造一个荟萃中国文学精英的机构，在研究中国古典诗词的基础上，推动现代诗歌的创作、研究和普及工作。同时，“翰林诗歌院”也以扶持优秀诗人为己任，着力加强文学创作和学术研究方面人才的培养，积极参与并推动中法两国间的诗歌文化交流与合作。

受篇幅所限，我们遗憾无法收录更多杰出诗人的作品，但力求所选取的作品能够充分展示中法诗歌的独特魅力、艺术表达的丰富性和诗歌在不同时期的特色。

在法国诗人的选择上，我们选取了一些极具有时代性的诗人，他们推动了从文艺复兴时期至今的法语诗歌发展，其中的大部分诗人都曾获得过法兰西学院或图卢兹诗歌学院的奖项，有些诗人还是这两个学院的院士。图卢兹诗歌学院创建于 1323 年，是西方最古老且存续至今的诗社。

中国杰出的古典诗人群星闪耀，令取舍变得尤为困难。目前所甄

选的诗人，我们尽可能挑选了他们不同风格和主题的诗歌作品（含诗、词、曲），这些诗人中有数位翰林学士。对于现当代中国诗人，我们也选取了一些标志着向现代诗过渡和发展的经典代表人物。

这本双语诗选还可作为中法两国教授中文和法文诗歌的教学读本。翰林诗歌院将秉持初心，继续用双语推介中法两国古代和现当代优秀诗人的诗作，努力促进两国诗歌，特别是翻译和出版领域的互鉴与交流。

最后，我们想感谢所有慷慨提供诗作和译作的诗人与译者，以精益求精的态度审校书稿的专家和学者，以及积极促成诗选出版和推广的前辈和挚友们。来自中法两国的共同努力和无私奉献成就了这一本诗选，使之成为见证中法友谊的珍贵礼物。

期待这本诗选能带来丰富的阅读体验，使读者们从中找到共鸣和启发。伟大的诗人们的诗篇跨越时空，永恒地点缀着艺术的星空。

翰林诗歌院编辑委员会

2024 年 2 月 18 日甲辰年正月初九

版权 Copyrights

DONG Qiang

Petite station où descendent les dieux, Li Shaojun.

SHANSHUI Ruge

Le papillon, Hu Xian.

Claude TUDURI et ZHANG Junfeng

Deux genres d'illusions, Chen Xianfa.

ZHANG Ruling

Poèmes du chapitre Poésie chinoise classique

Une âme résidante, Zhang Ruling.